Die ‚edition G' gehört zu der Galerie/Verlag Matto Barfuss
The ‚edition G' belongs to the gallery Matto Barfuss

1. Auflage
im Juni 2017
in der ‚edition G', c/o Galerie/Verlag Matto Barfuss,
Achertalstr. 13, D-77866 Rheinau,
Tel. +49 (0)7844-911456, Fax +49 (0)7844-911457,
Email: mail@matto-barfuss.de

Copyright © edition G
Umschlaggestaltung: edition G
Bildgestaltung und Textredaktion: edition G
Lektorat: Gaye Dolezal, Michael Senn
Fotos, Malereien, Zeichnungen: Matto Barfuss

ISBN 978-3-9815785-6-0

My life on the plain – The Personal Diary of a Cheetah Queen...

Mein Leben in der Steppe – Das Tagebuch einer Königin

The Cinema Film

"Maleika", the cinema film, is a work of art, based on the life of a unique African cheetah queen...
When Matto Barfuss first encountered the real-life Maleika in 2012, he knew instinctively that this meeting was predestined. In the 1990s, he spent a great deal of time observing a female cheetah named Diana.
Roughly 20 years later, Matto was in no doubt that he had, by incredible chance, just met Diana's great-granddaughter, Maleika. He was hooked - here suddenly, was 'the' story Matto had been waiting to record.
Matto first caught Maleika on film as she stalked and took down a gazelle - he couldn't have asked for a more thrilling first insight into Maleika's world.
The following year, after returning to once again film Maleika in her natural environment, Matto wasted no time deciding to create a full-length documentary film titled, "Once I'm a big cat". Featuring prides of adult lions and their cubs, as well as the cheetah families, the film was well accepted.
In 2014, when Matto next found Maleika, she had a delightful surprise for him - she had recently given birth to six cubs. This was an exceptional opportunity for Matto - cheetahs generally have litters of no more than three or four babies.
And so began more than three years of filming the joys, successes, challenges, and agonies of life with Maleika and her young family.
No words were needed - the camera told the story. As Matto Barfuss put it: "If I had been writing a screenplay, I couldn't have done it any better".
"Maleika" is a love story - a mother's love for, and devotion to, her family; the sacrifices she endures to care for, protect, teach, and prepare them for a self-reliant, resilient adulthood.
"Maleika" is hope - about a mother who is also role model, queen, angel.
"Maleika" is Africa - the struggles, disasters, pain, loss; and the beauty and joys of life on the plain.

www.maleika-film.com

Der Kinofilm

„Maleika" ist der großartige Kinofilm ...
Matto Barfuss begegnete Maleika erstmals 2012. Er fühlte von Beginn an, dass die Gepardin ihm eine großartige Geschichte erzählen könnte. Er ist sich sicher, dass Maleika die Urenkelin von „Diana" ist – der Gepardin, mit der er seit Mitte der Neunzigerjahre viel Zeit verbrachte.
Er filmte am Anfang, wie Maleika eine Gazelle jagte, und war schlicht berührt. Ein Jahr später filmte er sie wieder. Sie war immer noch alleine. So startete er das Kinoprojekt „Einmal bin ich groß". Er begleitete Löwenrudel mit Jungen und einige Gepardenfamilien. Es ging gut voran ...
Aber 2014 entdeckte er Maleika mit 6 kleinen Babys. Normalerweise haben Geparden 3-4 Babys. Und damit begann die große Geschichte in der Tat. Von Beginn an folgte Matto der Gepardin für mehr als 3 Jahre. Maleika bot eine Geschichte, die man kaum in Worte fassen kann, sondern nur in Bilder – besser gesagt in Filmbilder.
„Wenn ich ein Drehbuch geschrieben hätte, hätte ich es nicht spannender und berührender schreiben können", gibt Matto Barfuss zu.
„Maleika" ist die Geschichte über Liebe, Mutterliebe und über das schmerzhafte Loslassen. Maleika zeigt uns, dass es immer Sinn macht, weiterzumachen und niemals aufzugeben, so hart das Schicksal uns auch trifft. Sie ist ein Engel und eine Königin. Sie ist Vorbild für uns alle.
Es gibt dunkle Stunden für eine Mutter. Es gibt Situationen ohne scheinbaren Ausweg. Da ist Maleika und ihr Afrika. „Maleika" ist ein Film über die großen Gefühle, die uns bewegen. Liebe und Hingabe machen ihren Weg ...

www.maleika-film.com

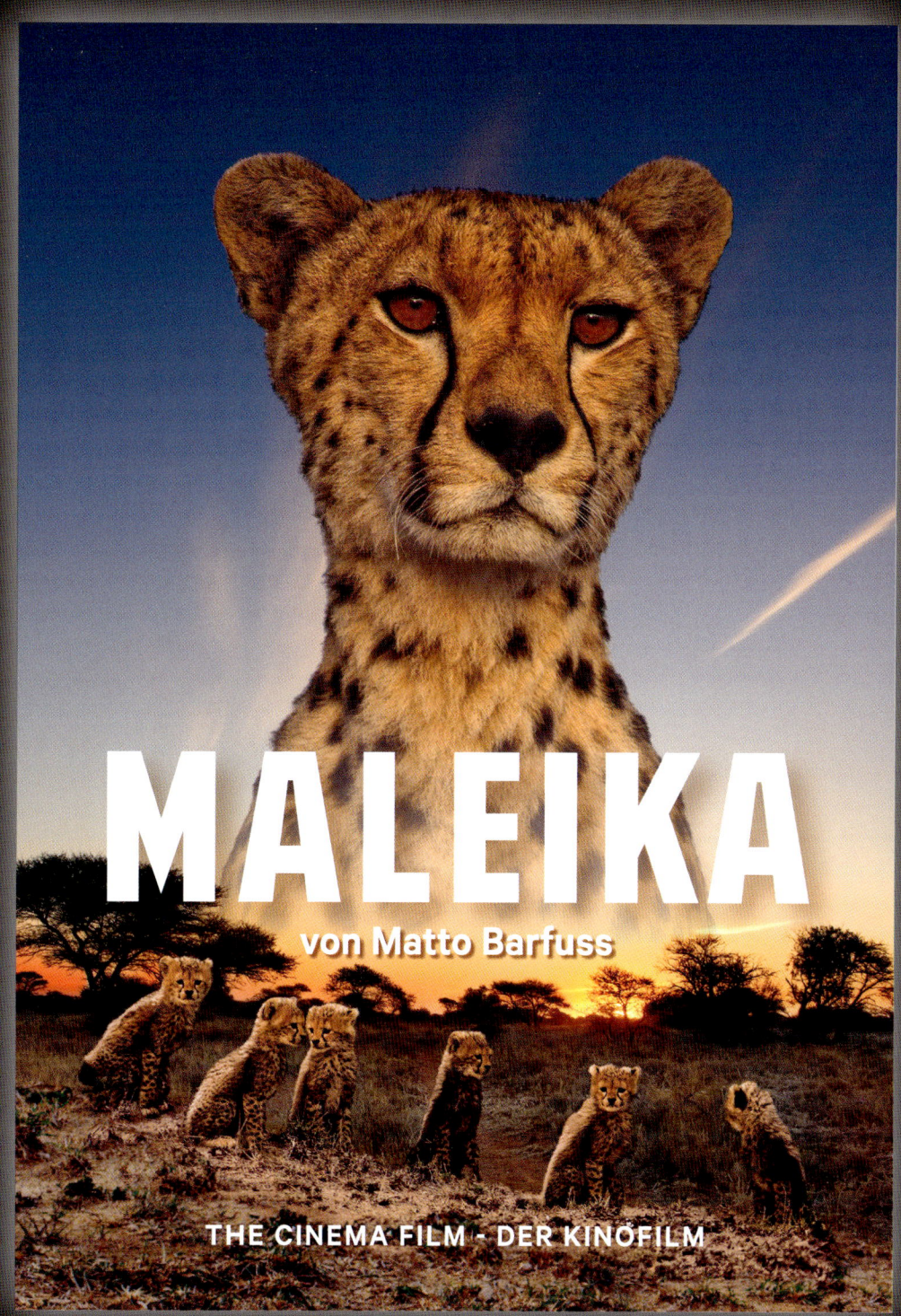

About Matto Barfuss

Matto Barfuss is an artist, filmmaker, bestselling author, photographer and devoted conservationist.
Since 1995, he has returned to the African bush more than 85 times, giving at least eleven years of his life to this project.
He famously earned the nickname "cheetah man" for the many months hunched over and crawling on hands and knees throughout the Serengeti plains of Africa, living as an accepted member with three successive generations of a wild cheetah family.
Matto Barfuss continues to return to the African bush for at least six months of each year. As an artist, he is convinced that he can make a significant contribution to the preservation of the unique and
Fascinating nature of Africa.
Matto Barfuss is founder of both the non-profit organization, "Life for Cheetahs", and the "go wild Botswana" trust. Through these organizations, he provides wildlife education to children in Africa, and fights against "human-wildlife" conflicts. For African schoolchildren, he has published two textbooks, 50,000 free copies of which have been distributed to bush schools.
Matto Barfuss operates a large art gallery (400 square metres) in the Baden-Baden area of southwest Germany. Here he exhibits some of his paintings and drawings. His works are sold worldwide.
As a photographer, Matto Barfuss has won acclaim from international collectors, and received awards such as the united nations "photo" award.
Although Matto Barfuss has made previous films, "Maleika" is his first full-length film for cinema.
A direct quote from Matto Barfuss:
„My idea is to narrate stories over a long and extensive period. Whenever I come across a personality like Maleika, I have to stick with her; I feel forced to tell her story to the world."
Matto Barfuss has now known some cheetahs, lions, mountain gorillas or suricates for more than ten years. He knows mother nature always has a new lesson to teach us...

www.matto-barfuss.de

Über Matto Barfuss

Matto Barfuss ist Künstler, Filmemacher, Bestseller-Autor, Fotograf und leidenschaftlicher Artenschützer. Seit 1995 hat er über 85 Mal den afrikanischen Busch erkundet. Insgesamt hat er dabei über 11 Jahre in der Wildnis gelebt. Er wurde berühmt als der „Gepardenmann", weil er monatelang unter einer wilden Gepardenfamilie in der Serengeti lebte. Über drei Generationen folgte er dieser Gepardenfamilie hautnah auf allen vieren.

Aktuell verbringt er mindestens sechs Monate pro Jahr im afrikanischen Busch. Er ist überzeugt, dass er als Künstler einen großen Beitrag leisten kann, die faszinierende Natur Afrikas zu schützen. Er ist Gründer des gemeinnützigen Vereins „Leben für Geparden e.V." und der Stiftung „Go wild Botswana" in Botswana. Beide Organisationen sind im Bereich Bildung für Artenschutz für Kinder in Afrika tätig. Ein weiterer Schwerpunkt ist, gegen „Mensch-Tier-Konflikte" in Afrika vorzugehen. Matto hat zwei Schulbücher für afrikanische Kinder entwickelt, die bislang in einer Auflage von über 50.000 frei in Buschschulen verteilt wurden.

Er führt ein eigenes Kunsthaus in Deutschland in der Nähe von Baden-Baden, wo er auf fast 400 m2 einige seiner Malereien und Zeichnungen ausstellt. Seine Kunstwerke verkauft er weltweit.

Als Fotograf wurde er unter anderem mit dem UN-Fotopreis ausgezeichnet. Seine Fotografien sind bei Fotosammlern begehrt.

Matto hat bisher Fernsehfilme gemacht. Mit „Maleika" bringt er seine erste weltweite Kinoproduktion heraus.

„Ich will Geschichten in der Tiefe der Zeit erzählen. Wenn immer ich eine so tolle Persönlichkeit wie Maleika treffe, bin ich gefordert, ihre Geschichte der Welt näherzubringen", sagt Matto.

Einige Geparden, Löwen, Berggorillas oder Erdmännchen kennt er nun seit über zehn Jahren. Es wird immer etwas geben, was die Natur uns zeigen und erzählen will ...

www.matto-barfuss.de

This is my home, a place of beauty, grace, joy... And hidden dangers...

Das ist mein Zuhause. Es ist einfach wunderschön und voller Anmut ... und gefährlich...

Today is an exciting day – our first family excursion into the world around us...

Was für ein aufregender Tag! Zum ersten Mal nehme ich meine Babys auf einen Ausflug mit ...

To feed six young ones several times a day is almost always, a test of strategy, courage, and stamina......

Es ist eine große Herausforderung, meine sechs Babys mehrmals am Tag zu säugen ...

I love these unique and energetic little rascals
- Marlo, who loves to climb;
- Martha, who is very curious; she investigates everything;
- Mirelèe, intrigued by the cameras - could she be thinking of a career as a model?
- Mia and Malte, my two little philosophers, serious And quiet;

Meine Babys sind wundervoll. Marlo liebt es zu klettern. Martha ist neugierig. Mirelèe mag Kameras. Vielleicht will sie einmal ein Fotomodel werden. Mia und Malte sind dagegen ein bisschen stiller ...

Majet, less easy-going than his siblings; he's my little high-maintenance guy, always wanting to snuggle or wrestle...
It takes bushels of patience to keep this extra-large family of mine happy and safe. Experience has taught me the secret of maintaining order - I need only to put on my 'annoyed' look...

Mein Sohn Majet ist nicht so einfach in den Griff zu bekommen. Er will immer kuscheln oder kämpfen. Es ist gar nicht so einfach, den Kindergarten unter Kontrolle zu bekommen. Manchmal muss ich ein wenig erbost schauen. Das hilft ...

My cubs are such a wonderful gift. It makes my day to watch them playing and scampering over and around me..

Meine Kinder sind ein wundervolles Geschenk. Ich liebe es, sie um mich zu haben, und es kann nie genug sein ...

To keep my cubs healthy and clean requires diligence - easy in theory, but not always in fact...

Wachsamkeit und Reinlichkeit sind wichtig, um meine Kleinen gesund und munter zu halten. Aber es ist nicht immer einfach, beides unter einen Hut zu bekommen ...

I am lucky that my little gang loves to be clean – they often enjoy grooming and washing one another's coats until they shine. Of course, like all young ones, they also squabble…

Gut, dass meine Kinder selbst gerne sauber sind. Manchmal lecken sie sich lange Zeit gegenseitig das Fell. Okay, manchmal streiten sie auch dabei …

We cheetahs do not need copious amounts of water; but when the wet season comes, why not indulge ourselves?...

Wir Geparden müssen nicht viel trinken. Aber da es zuweilen sehr viel Wasser gibt, warum nicht?

With the arrival of the migration season, we are treated to a grand spectacle - massive herds of gnus on the move...
It is like a festival - my kids are fascinated by all the activity, whereas I would rather treat them to a feast of fresh meat. However with these still-vulnerable youngsters at my side, the risk is too high to leave them on their own...

Wenn die große Migration ankommt, sind plötzlich tausende Gnus da. Meine Kinder lieben es nun, sie zu bestaunen, nachdem sie anfänglich viel Angst vor ihnen hatten. Ich würde lieber ein Gnu als Mittagessen servieren, aber mit kleinen Kindern um mir herum ist das ein zu hohes Risiko...

My heart is scarred by the painful and still-fresh memory of the day a lioness stole my first daughter Mia from me. I still remember the following day when it poured cats and dogs – was the sky also crying for Mia?...

Ich werde niemals den Tag vergessen, an dem eine Löwin mir meine Tochter Mia nahm. Es war ein fürchterlicher Unfall, und am Tag danach regnete es unentwegt. Es war, als würde der Himmel um sie weinen ...

Being a mother is a job for a super-hero - incredibly challenging and exhausting. The safety and security of my babies falls on me alone - I must be alert and diligent always - supervising their play, finding food, locating and avoiding potential threats...

Ich darf nie die Konzentration verlieren. Auf der einen Seite muss ich meine Kinder beaufsichtigen, auf der anderen Seite Beute finden und potentielle Gefahren frühzeitig erkennen. Das alles zur gleichen Zeit zu erledigen, ist eine große Herausforderung ...

All the non-stop play has turned my cubs into strong, speedy athletes – I like to think of them as my little Olympians of the cheetah kingdom. As long as I sense no danger, I let them be, as they continue their lively games – and occasional bickering...

Ständiges Spielen macht meine Kinder fit für das Leben. Ich lass' sie einfach machen, wenn keine Feinde in der Nähe sind. Wobei sie manchmal ganz schön heftig streiten, und das macht dann wirklich keinen Spaß mehr...

My cubs are like young ones everywhere — they love to snuggle. But, to tell the truth, I am no different — I love to snuggle with them too. Sometimes though, it can become a bit too much..

Meine Kleinen lieben es zu kuscheln. Ganz ehrlich gesagt mag ich das auch. Doch manchmal ist es einfach ein bisschen zu viel...

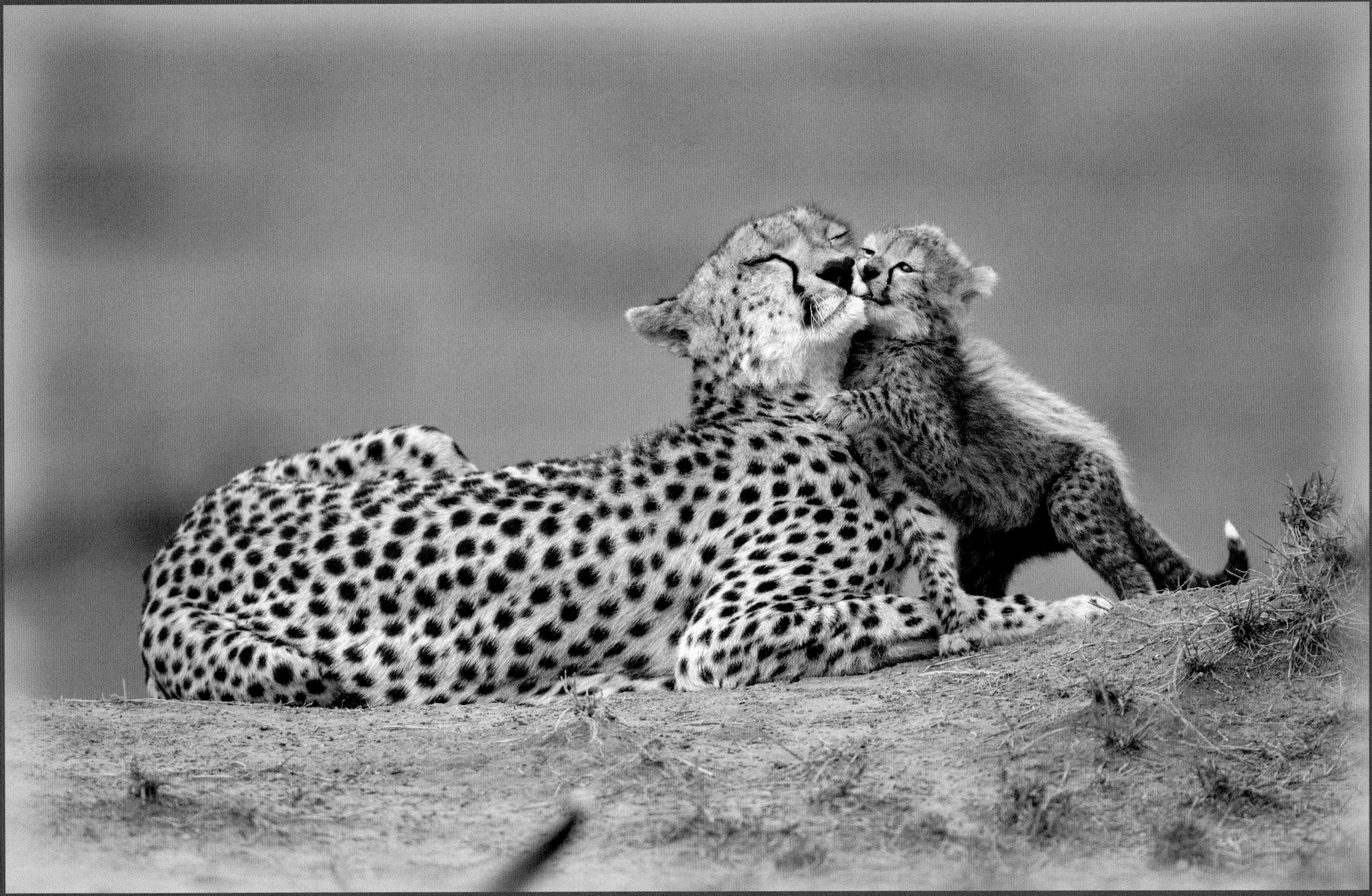

Oh no! More rain! We cheetahs fiercely dislike the pouring rain – it soaks our fine fur coats all the way to the skin, and at this altitude, we quickly become chilled – what a shame we don't have umbrellas!!...

Oh nein, schon wieder Regen! Wir Geparden hassen Regen. Bald sind wir durchnässt und wegen der Höhe wird es schließlich verdammt kalt. Das Leben könnte angenehmer sein...

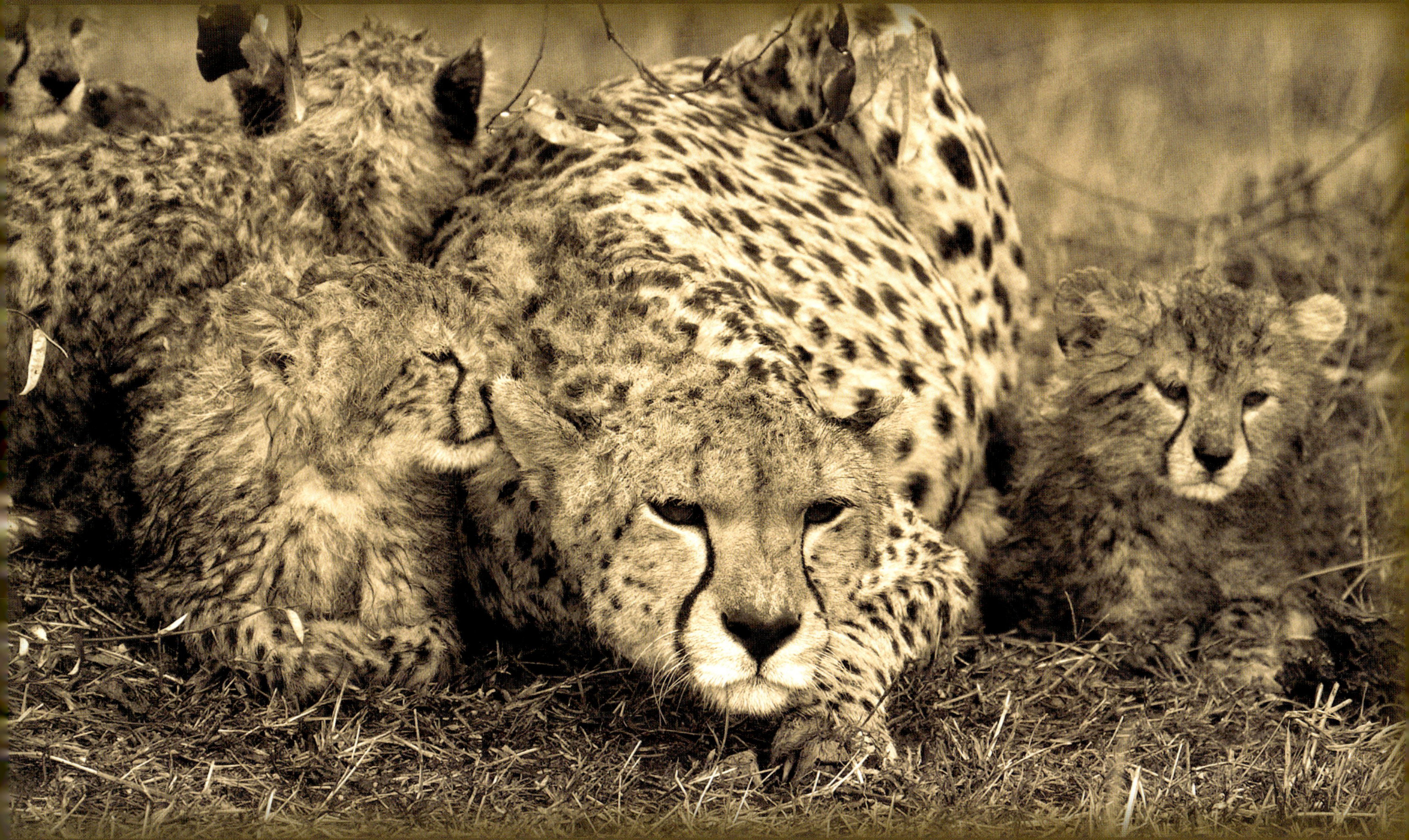

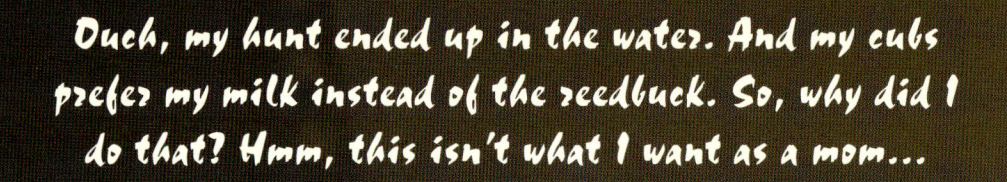

Ouch, my hunt ended up in the water. And my cubs prefer my milk instead of the reedbuck. So, why did I do that? Hmm, this isn't what I want as a mom...

Mist, meine Jagd endete im Wasser. Und meine Kleinen wollen lieber meine Milch anstatt den Riedbock. Warum habe ich mir das bloß angetan? Hm, das ist nicht, was ich mir als Mutter wünsche ...

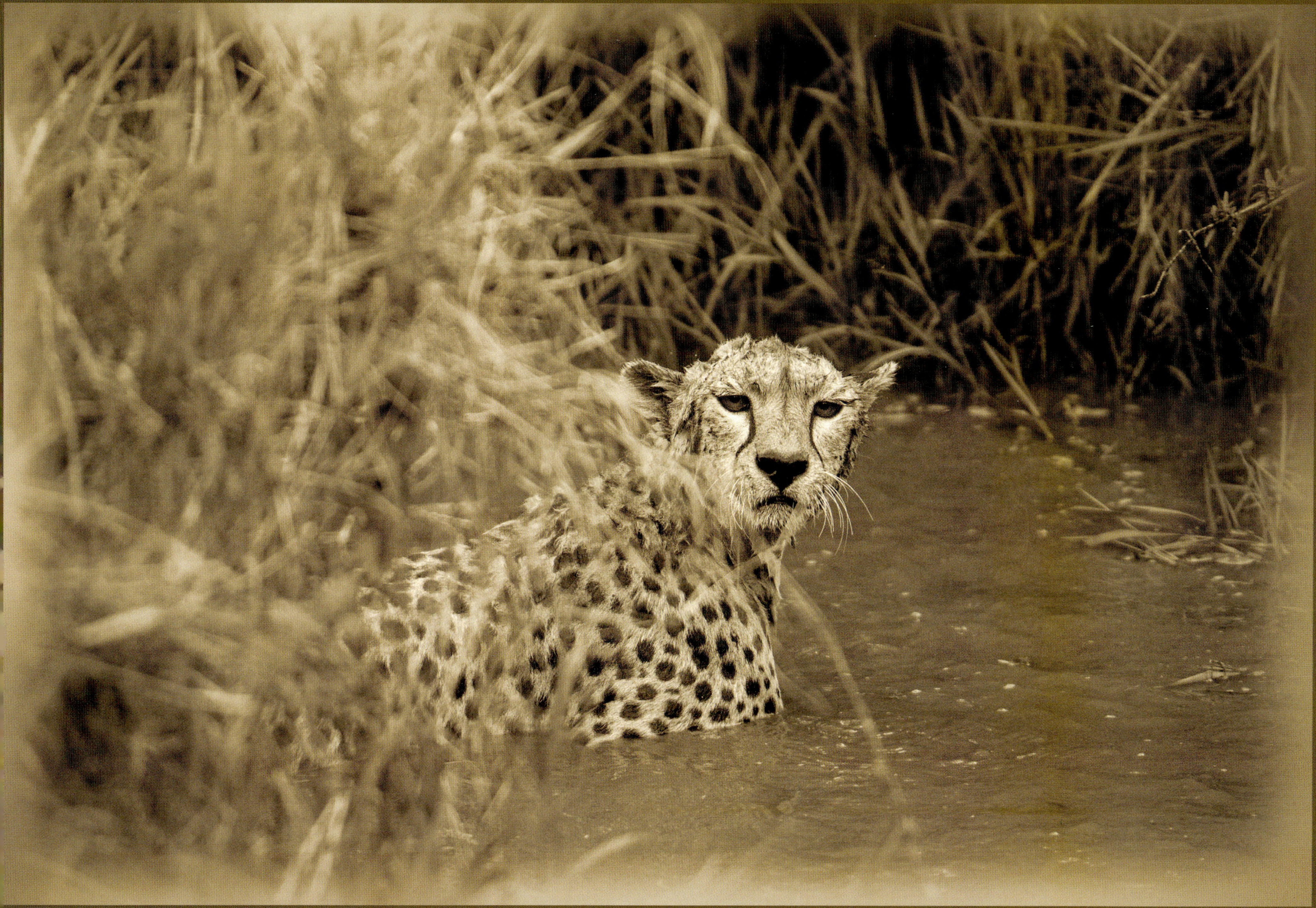

Can any time of day be more perfect and peaceful than the moment the sun says 'good night' and drops below the horizon?...

Es ist immer ein großes Erlebnis zu beobachten, wie die Sonne hinter dem Horizont verschwindet ...

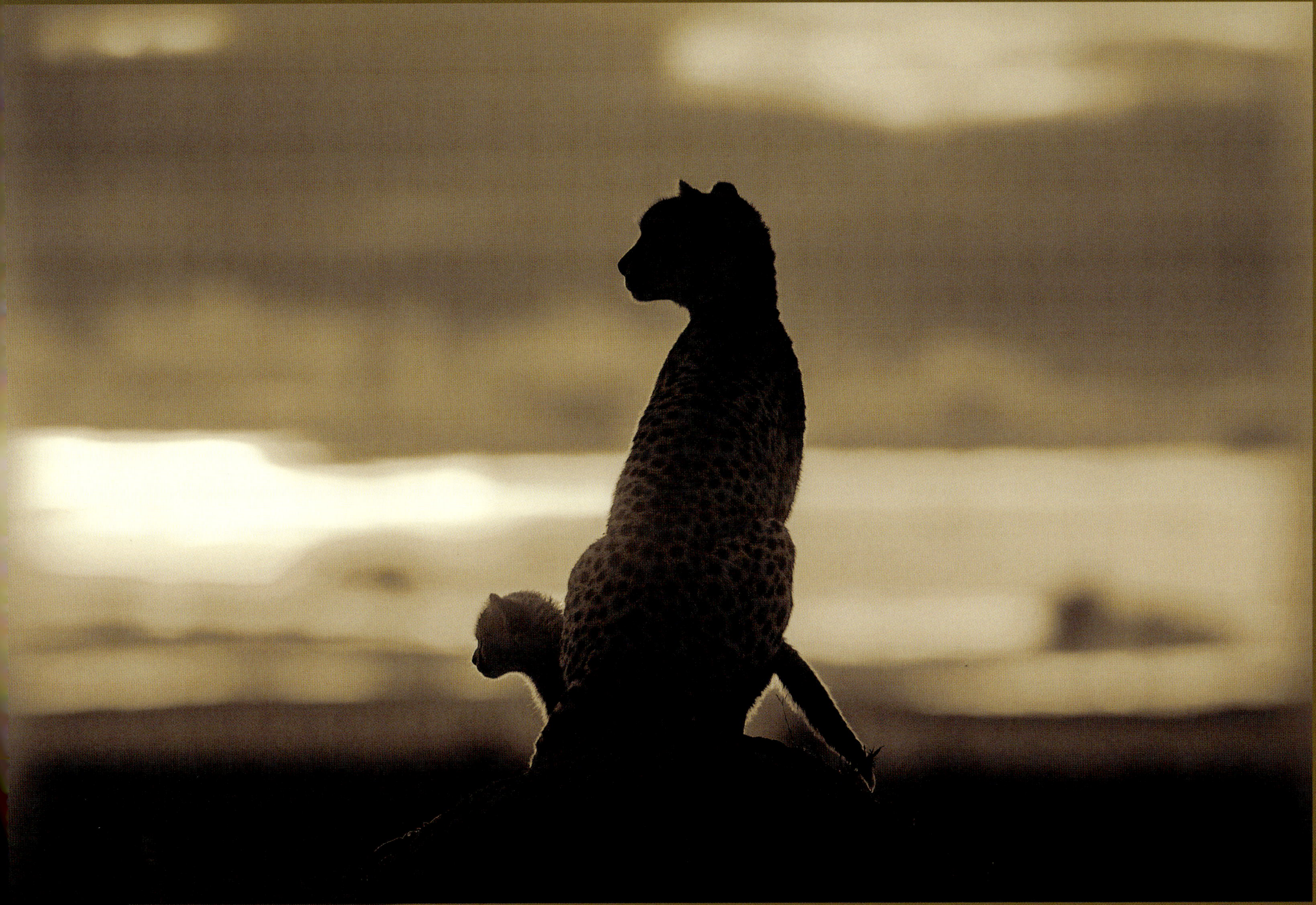

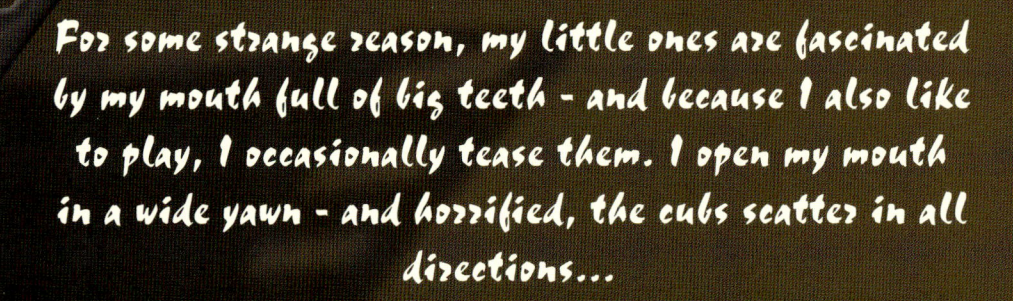

For some strange reason, my little ones are fascinated by my mouth full of big teeth – and because I also like to play, I occasionally tease them. I open my mouth in a wide yawn – and horrified, the cubs scatter in all directions...

Ich könnte mich schrecklich darüber amüsieren, wie meine Kleinen meine Zähne bewundern. Manchmal zeige ich sie ihnen, und dann rennen sie verängstigt davon. Ich könnte mich darüber tot lachen...

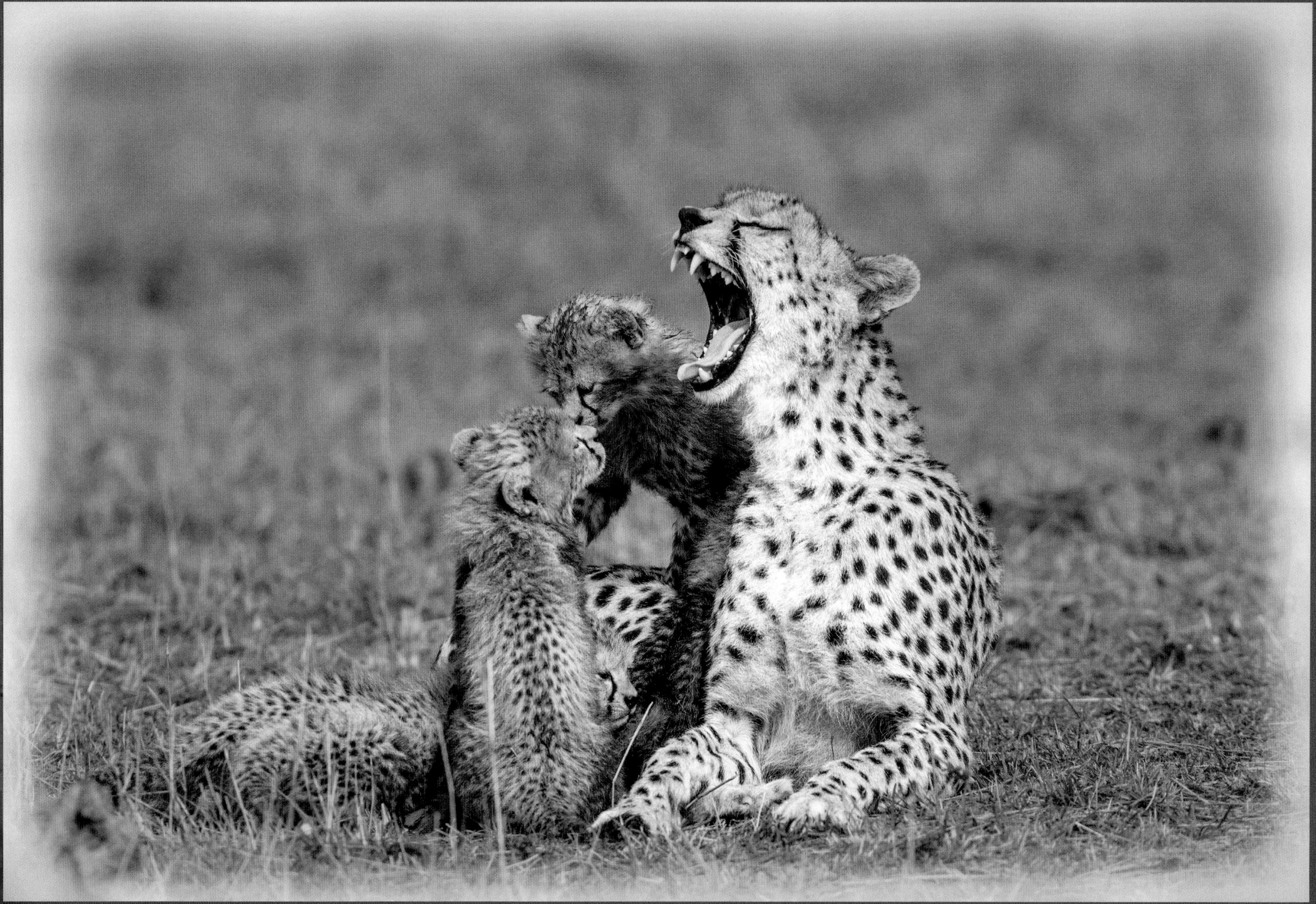

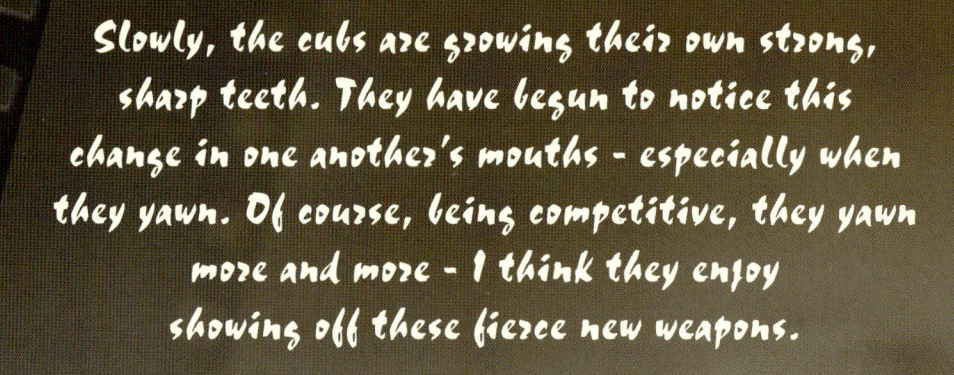

Slowly, the cubs are growing their own strong, sharp teeth. They have begun to notice this change in one another's mouths – especially when they yawn. Of course, being competitive, they yawn more and more – I think they enjoy showing off these fierce new weapons.

Allmählich wachsen auch die Zähne meiner Jungen. Sie sind zuweilen verblüfft darüber und zeigen sie gerne, wenn immer sie gähnen. Und sie gähnen oft. Bestimmt sind sie stolz auf ihre Zähne ...

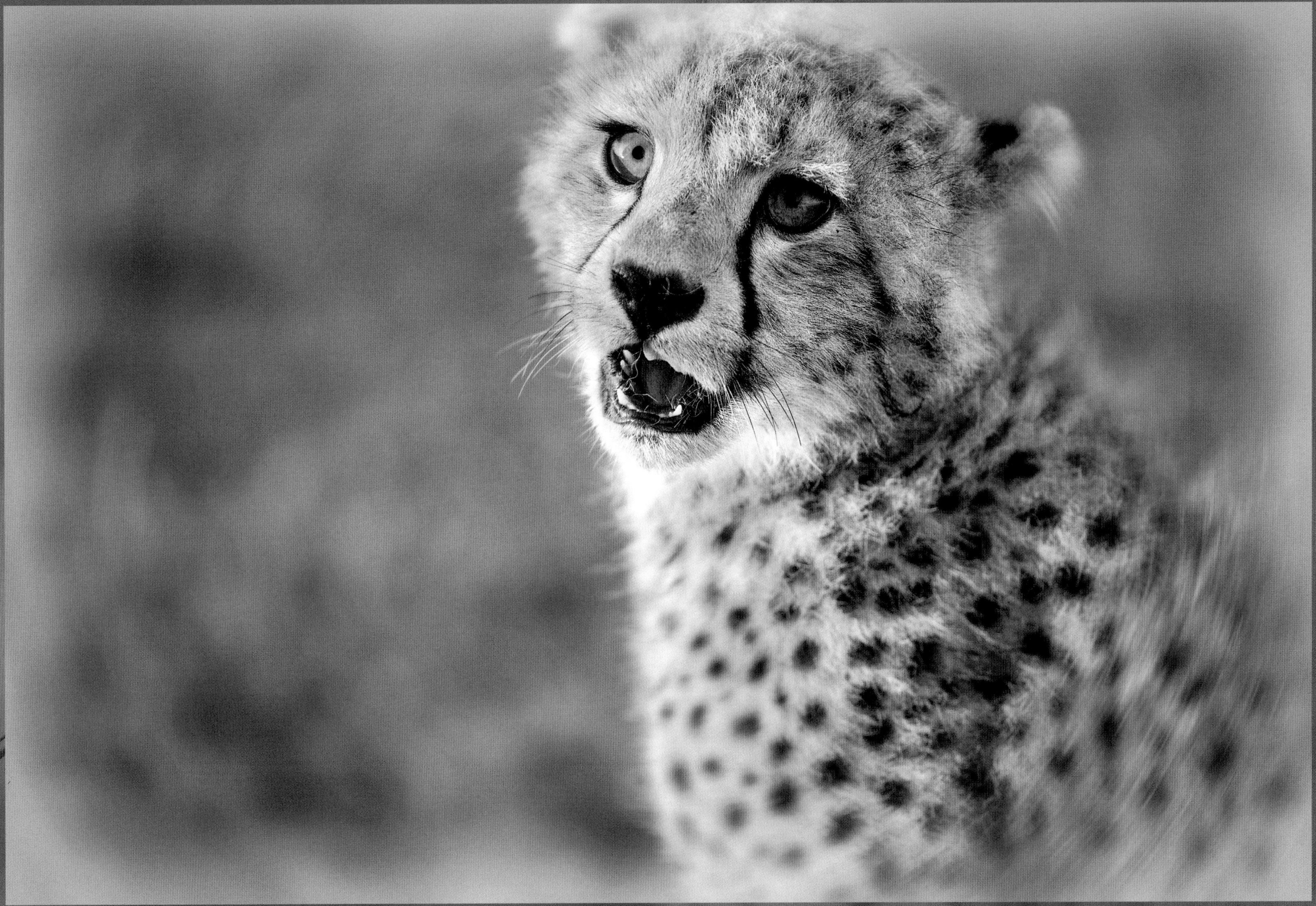

Day by day, and bit by bit, I watch my young ones becoming not only stronger and more physically fit, but also noticeably more aggressive...

Nach und nach werden meine Kinder deutlich kräftiger und damit auch deutlich aggressiver...

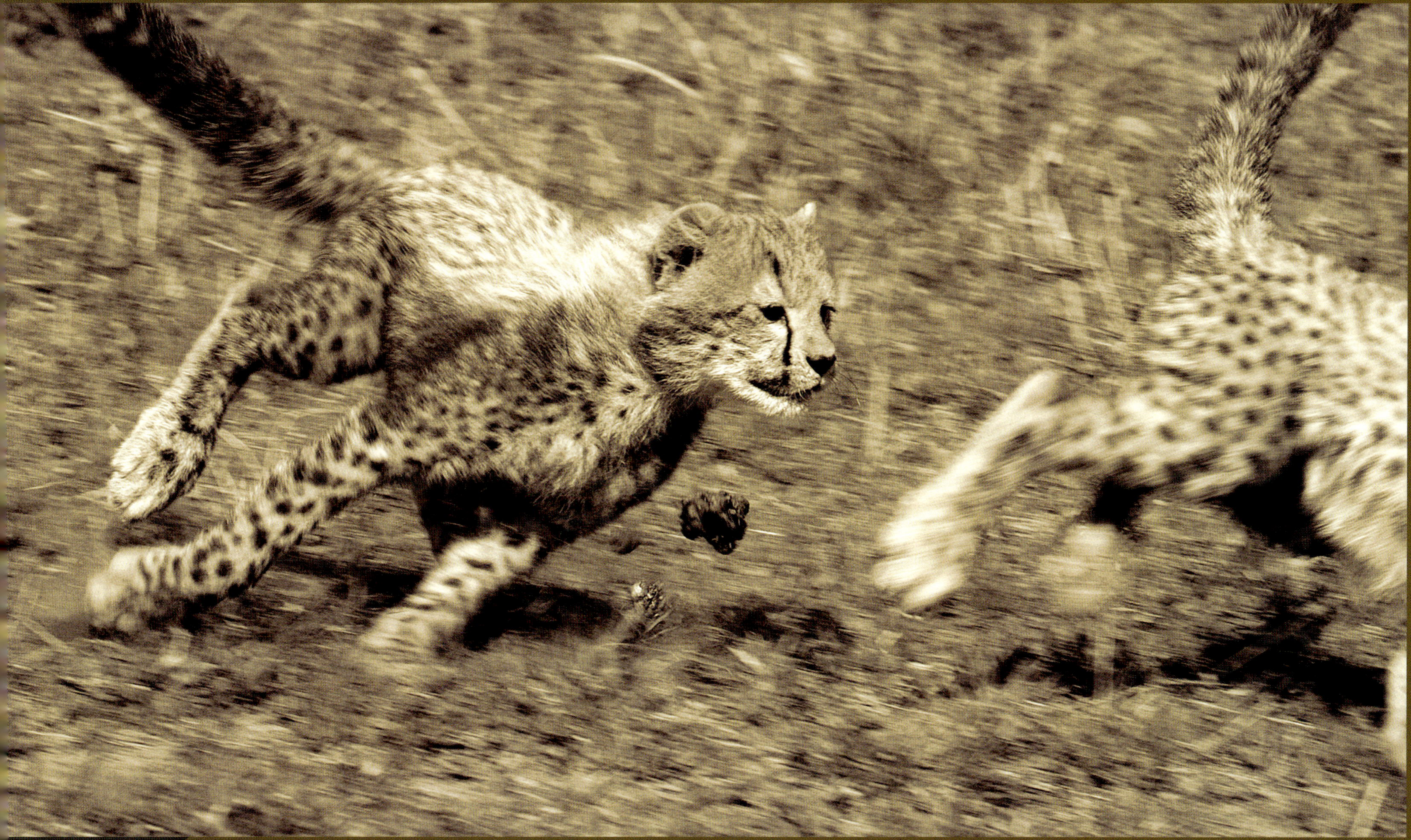

I cannot let the responsibility overwhelm me when I think how much my kids depend on me. While they play without worries or cares, they have no idea of the constant pressure I feel to maintain order, teach them, feed them, and keep them safe...

Zuweilen wird mir bewusst, wie sehr meine Kleinen von mir abhängig sind. Es ist nicht so einfach, diese große Herausforderung in jeder Situation zu erfüllen. Sie spielen und genießen, während ich für das große Ziel kämpfen muss ...

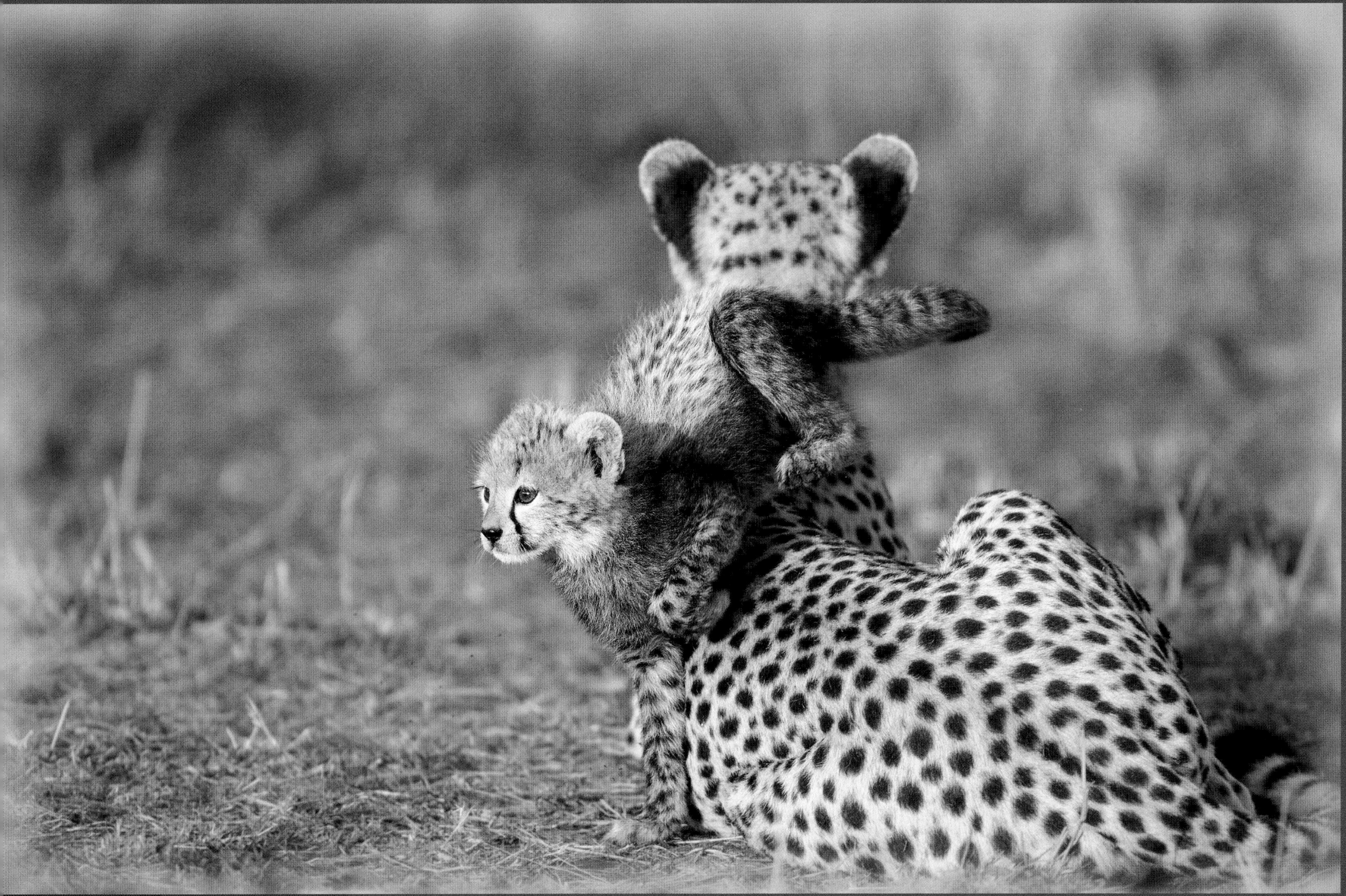

It is unfortunate – and dangerous – that we happen to share our neighbourhood with lions – such merciless enemies. To be fair, I know that all neighbours cannot be good friends; and that we must accept that even lions face the same hardships in caring for their offspring. As parents, we all do what we must to help our young survive to adulthood…

Wo immer wir uns bewegen, haben wir Löwen als Nachbarn. Diese sind unsere unerbittlichen Feinde. Letztlich sind es aber auch Kollegen. Sie haben die gleichen Herausforderungen und Gefühle für ihren Nachwuchs. Wir alle geben unser Bestes, um sie einmal großzuziehen. Wir leiden und genießen den Erfolg …

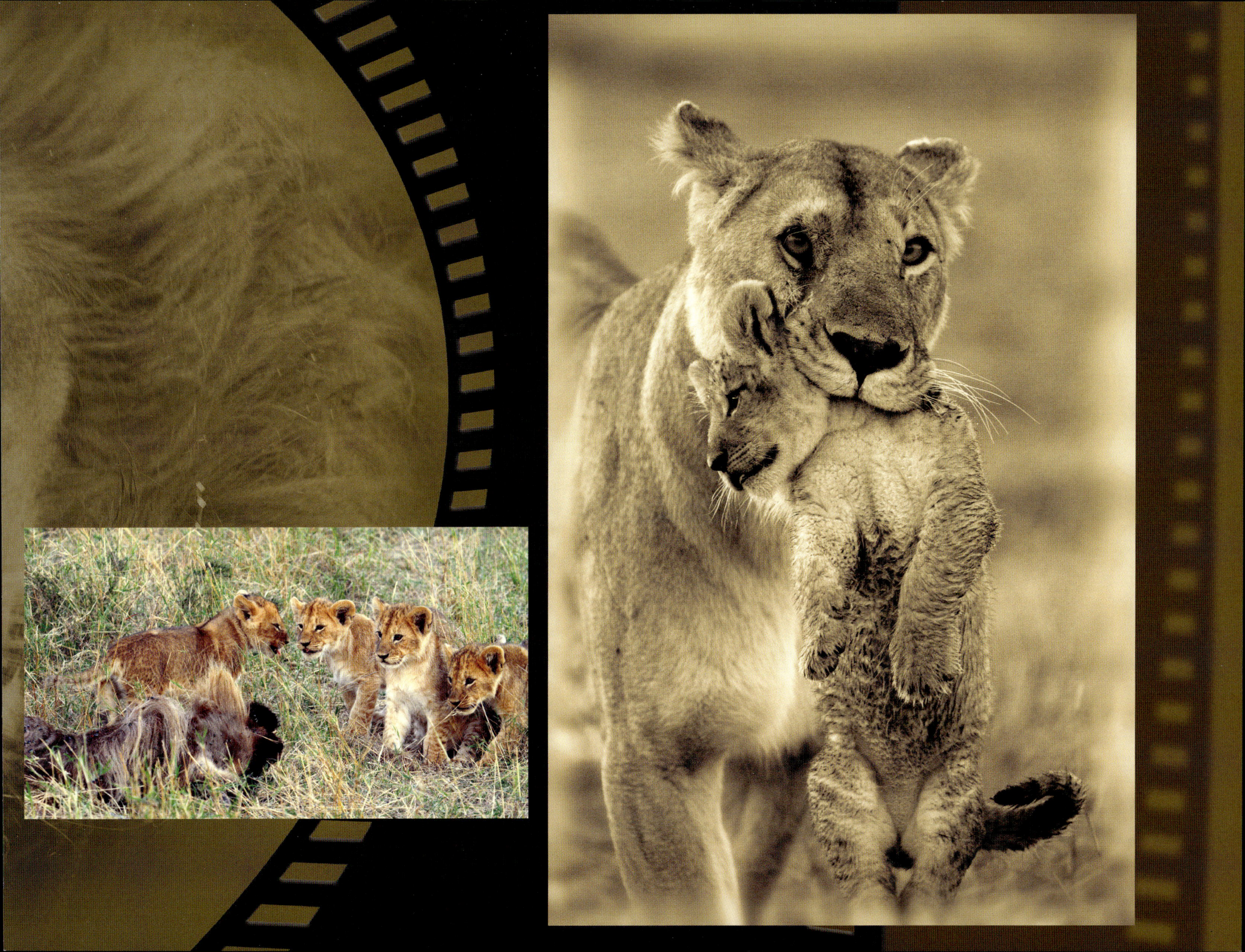

I get so angry when the lions steal our food. They can be such bullies. But what choice do I have? It is much more important that I protect my family...

Ich hasse es, wenn Löwen uns die Nahrung stehlen. Aber was kann ich tun? Letztlich ist es dann wichtiger, meine Kleinen zu schützen ...

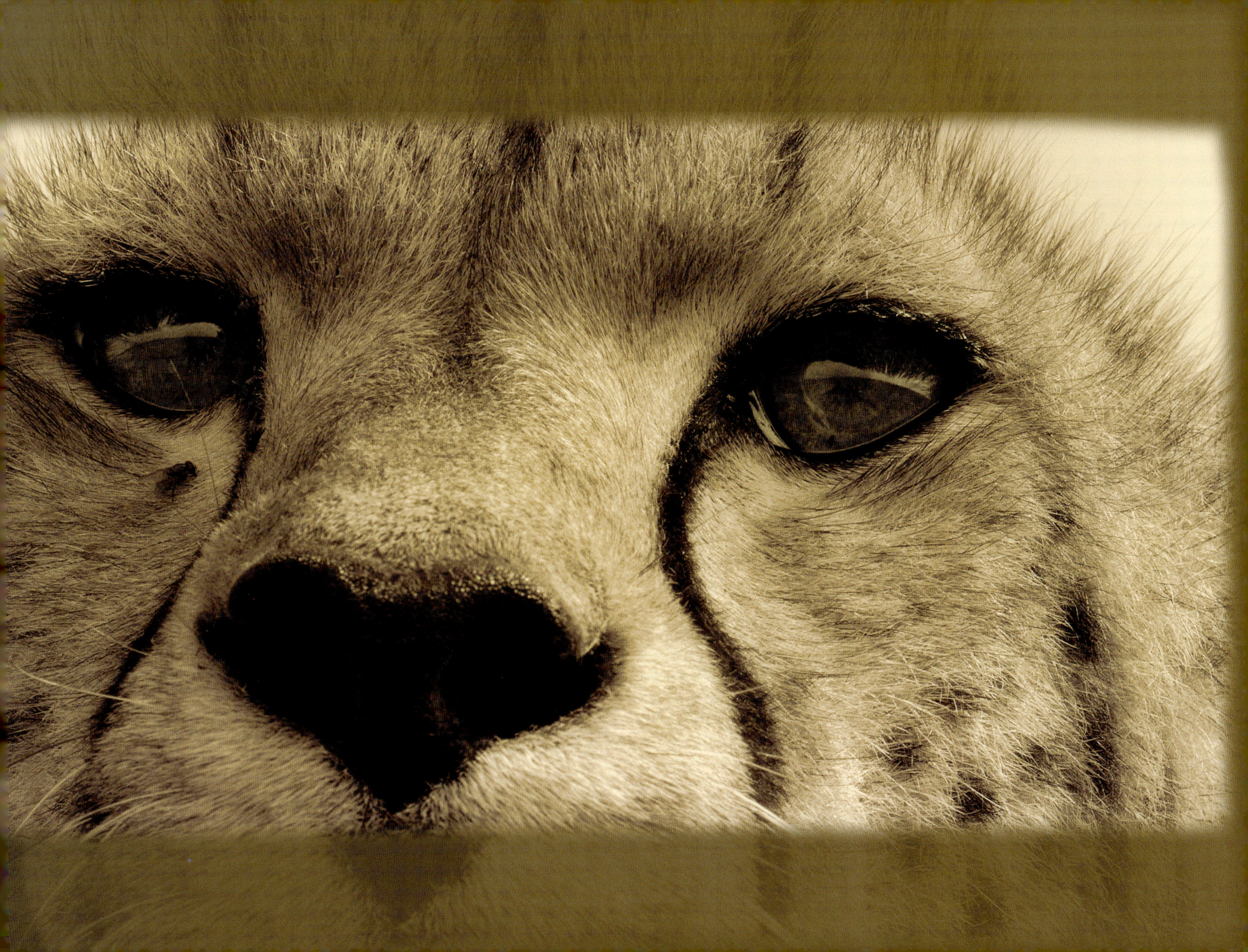

Given the pain my dear friend, Ashanti, had to endure, I do not dare complain. She lost two of her three cubs to sneaky hyenas. Poor mother - it would break my heart...

Doch ich möchte mich nicht beschweren. Meine gute Freundin Ashanti' hatte viel größeres Leid zu ertragen. Sie verlor 2 ihrer 3 Jungen an Hyänen. Arme Mutter – es würde mir das Herz brechen ...

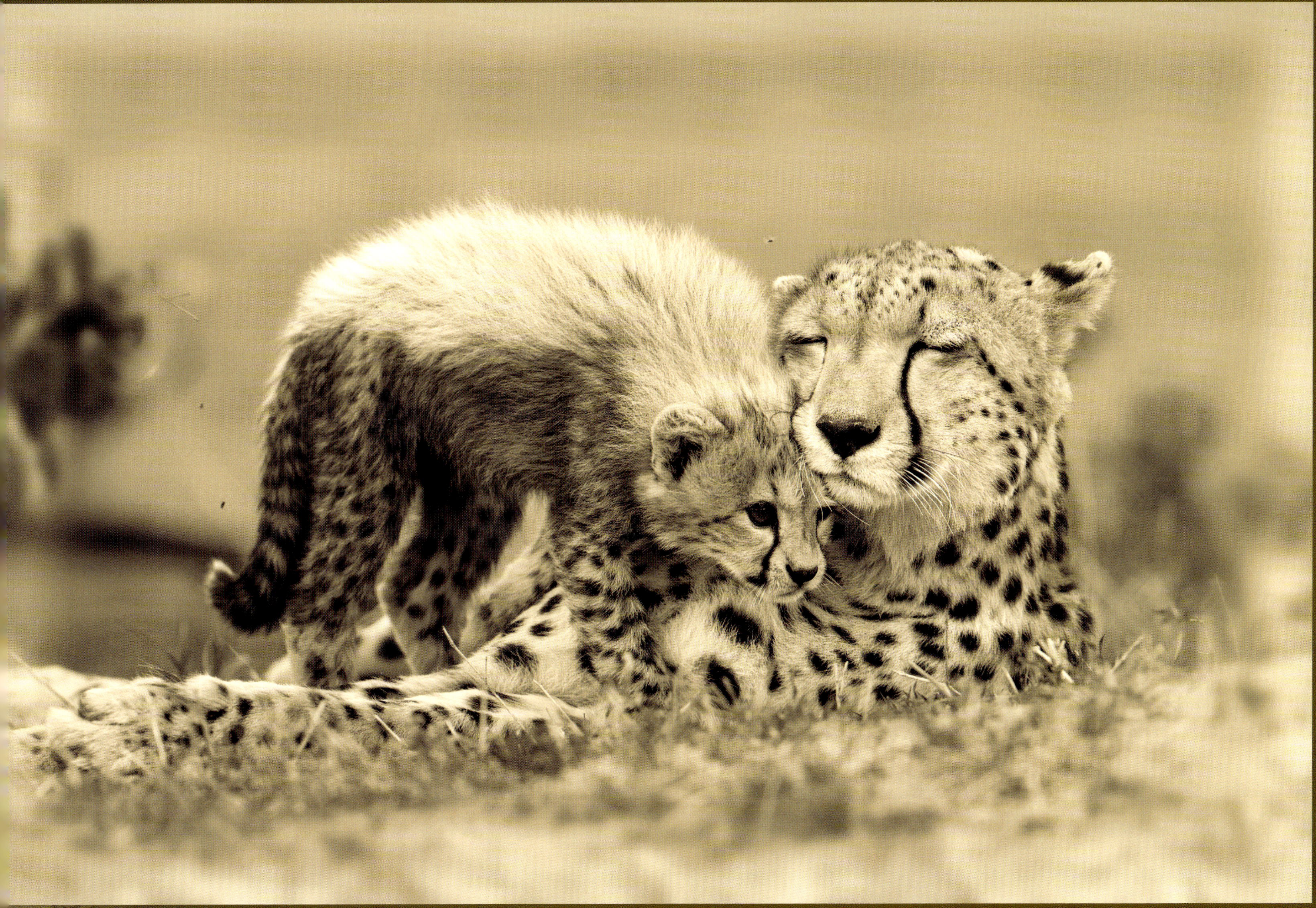

Life on the plains is one unpredictable danger after another. A few days ago, running at full speed, I hit a tree branch at a terrible angle and ripped open my chest. I am still in horrible agony! But my greatest concern is how I will find the strength to fill those six hungry mouths. If I had 'fingers, they would be crossed for good luck...

Das Leben in der Steppe ist gefährlich. Kürzlich prallte ich im falschen Winkel mit großer Geschwindigkeit auf einen Ast und habe mir dabei die Brust aufgerissen. Es tut unglaublich weh, und ich weiß nicht, ob ich in der nächsten Zeit jagen kann, um sechs hungrige Mäuler zu stopfen. Ich kann nur hoffen...

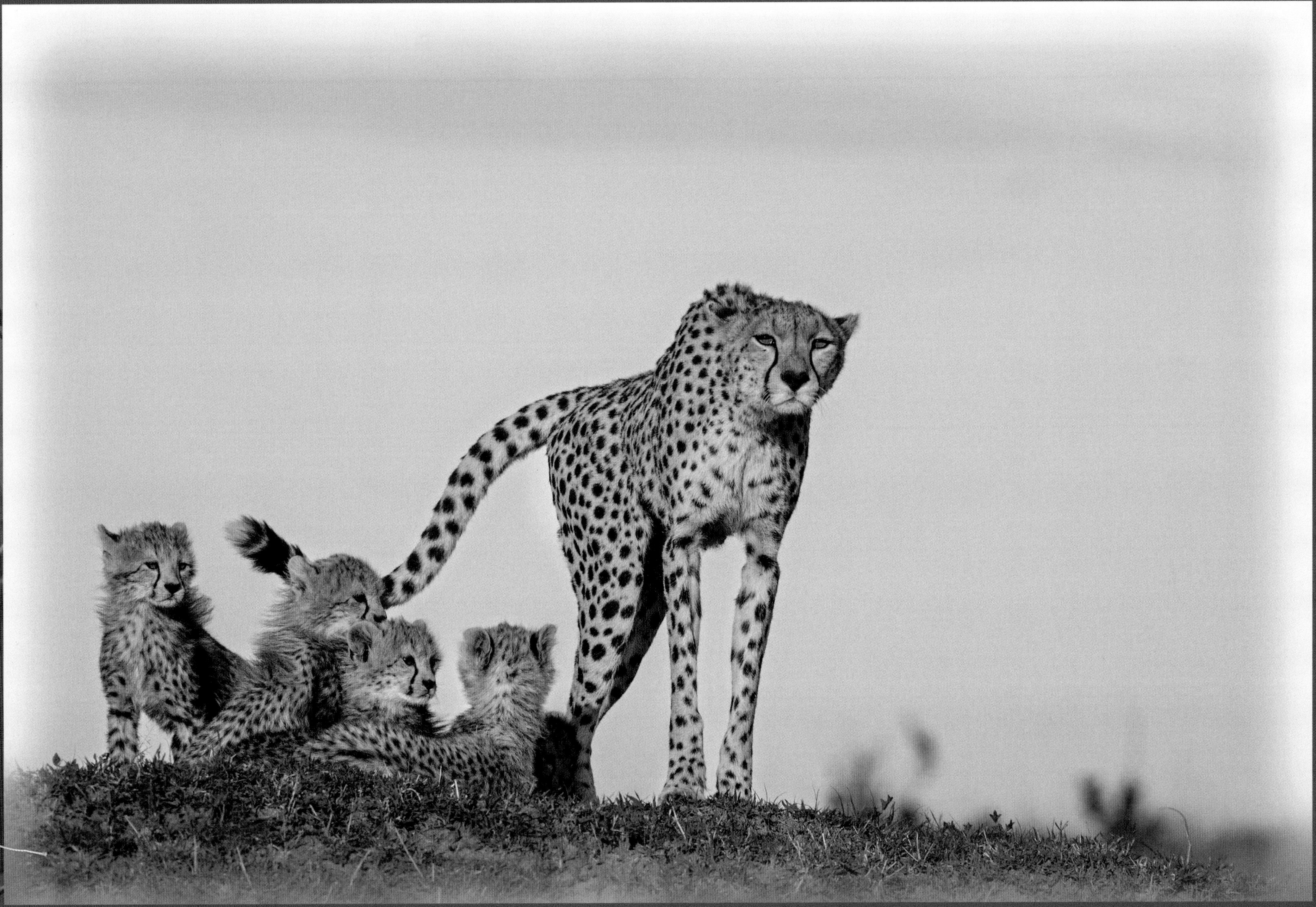

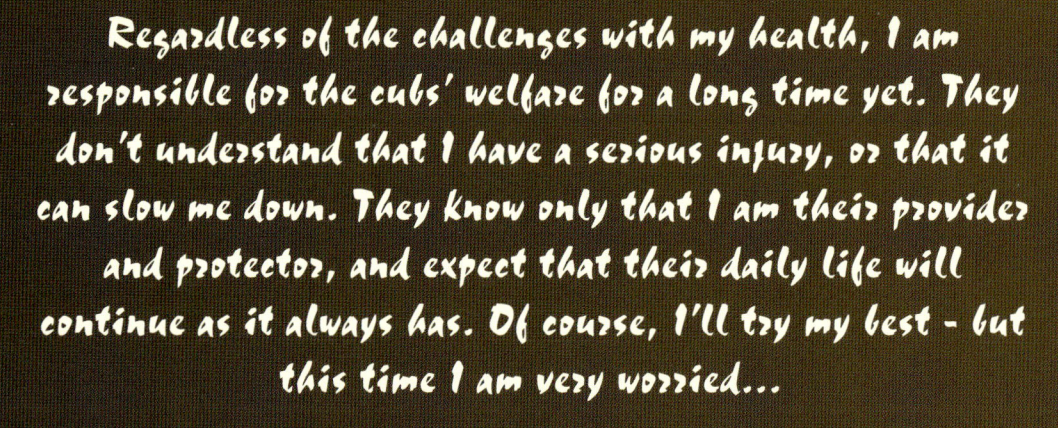

Regardless of the challenges with my health, I am responsible for the cubs' welfare for a long time yet. They don't understand that I have a serious injury, or that it can slow me down. They know only that I am their provider and protector, and expect that their daily life will continue as it always has. Of course, I'll try my best - but this time I am very worried...

Was auch immer geschieht – ich bin der Anführer für eine noch sehr lange Zeit. Meine Kinder verstehen anfänglich nicht mein Handicap mit der heftigen Verletzung. Sie erwarten, dass alles wie gewohnt weitergeht. Nun, ich gebe mein Bestes. Aber man kann ja nie wissen ...

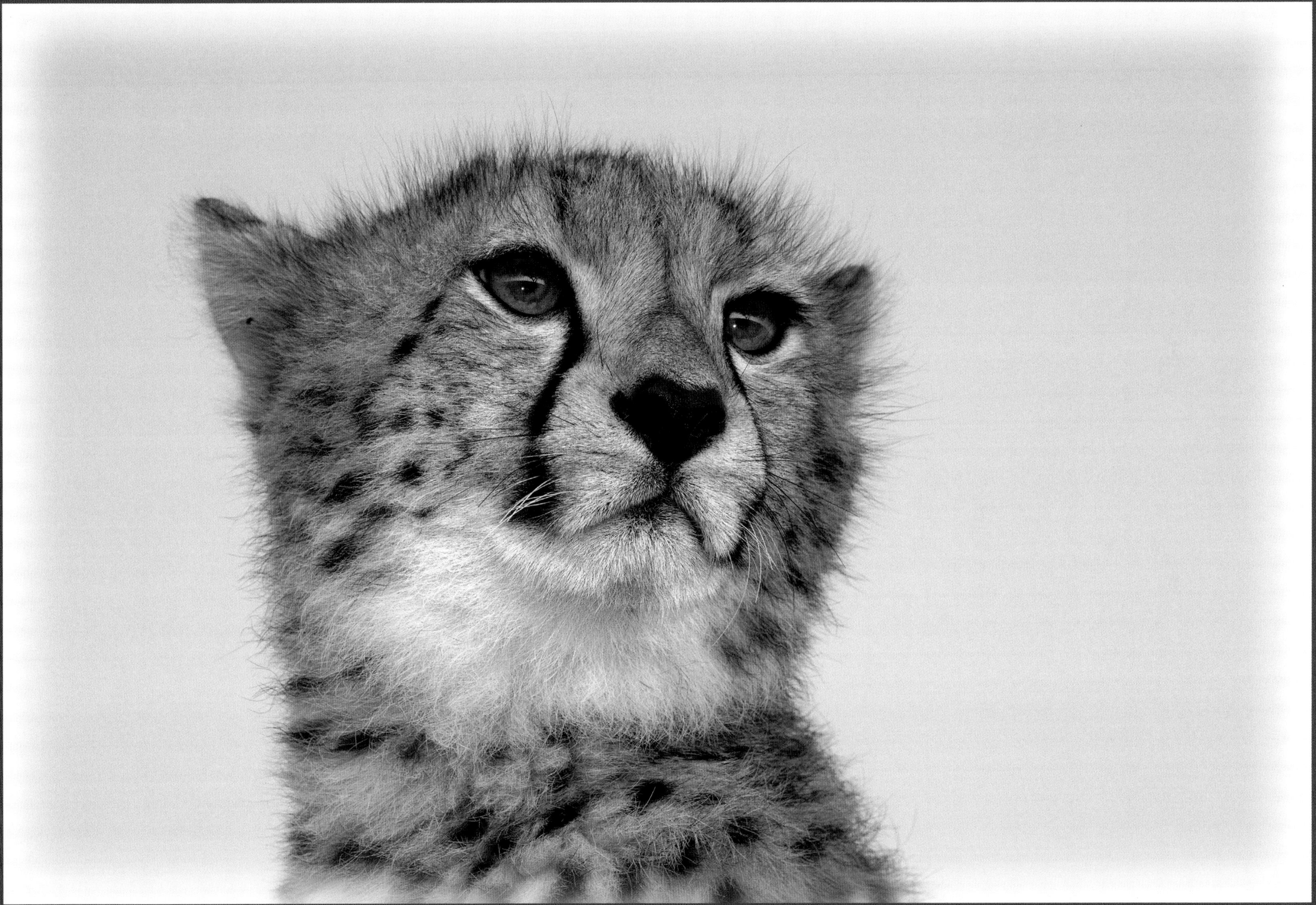

What causes me concern is how slowly my wound is healing. I know I don't make it easy - at times I overdo it when I hunt. But what choice do I have? I must continue trying; to produce milk for the litter, I need food; and the kids need food to grow. I'm relieved that they still don't sense anything wrong with me, of course, the worst moments are when it pours. I'm feeling much weaker. I have no idea how this terrible predicament will end...

Was mir ein wenig Sorge macht, ist, dass die Wunde viel zu langsam verheilt. Gut, zuweilen lege ich zu viel Energie in die Jagd. Doch was bleibt mir anderes übrig? Ich benötige Nahrung, um Milch zu produzieren. Und meine Kinder brauchen Nahrung, um zu wachsen. Zudem verstehen sie noch immer nicht den Ernst der Lage. Die schlimmsten Momente für mich sind dann gekommen, wenn es auch noch heftig regnet. Dann fühle ich mich viel schwächer und ich habe keine Ahnung, wie es weitergehen kann.

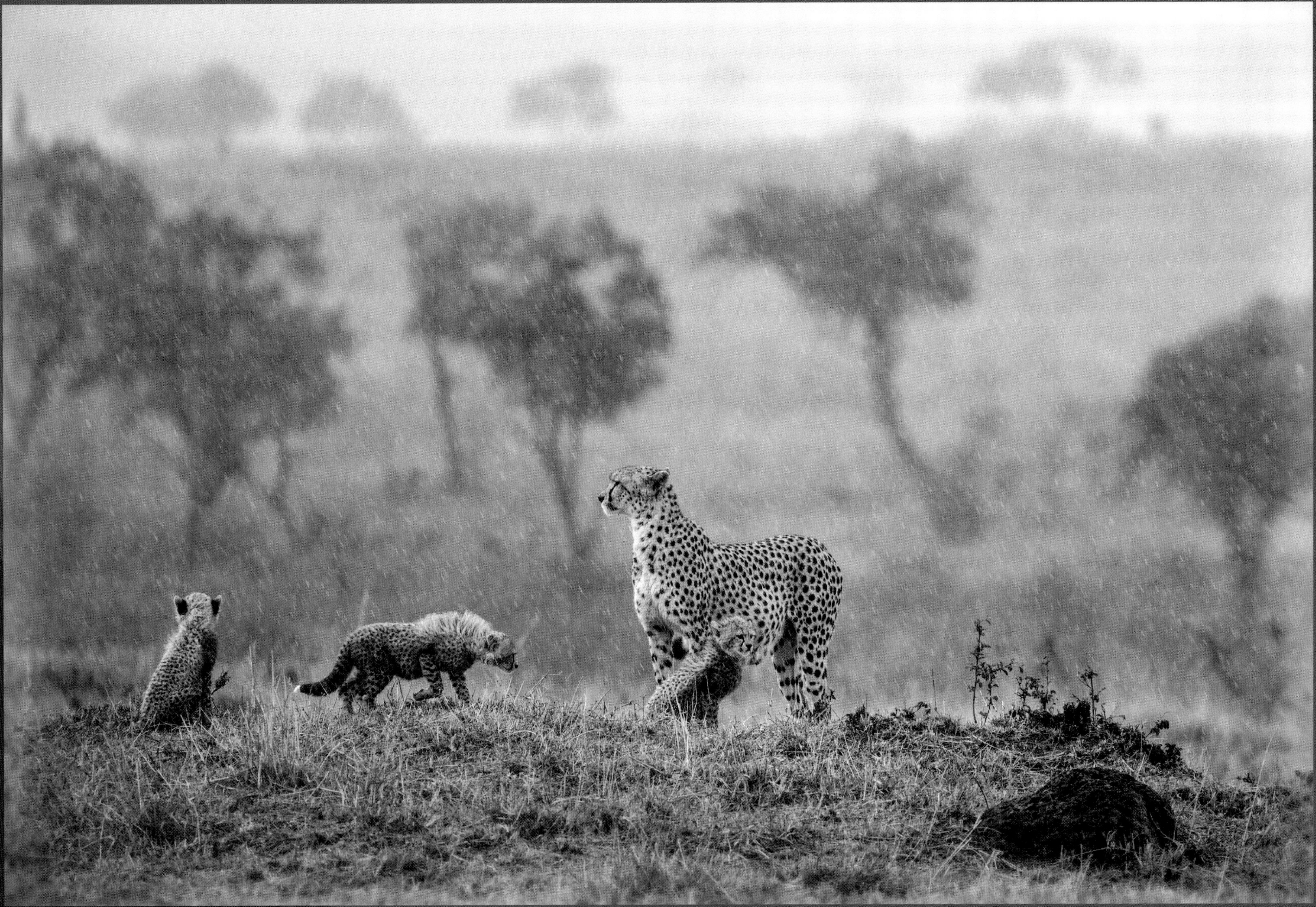

Slowly, my strength has begun to return. I pace myself; I conserve my energy; I even purr. Bit by bit, I feel my body recovering. I think I am finally well enough for the hunt - it will be a great day for us if I succeed...

Allmählich kehrt die Kraft zurück. Natürlich gewähre ich mir noch Zeit. Ich schnurre, und nach und nach regeneriert sich mein Körper. Ich denke, ich sollte nach möglicher Beute suchen. Es sollte funktionieren ...

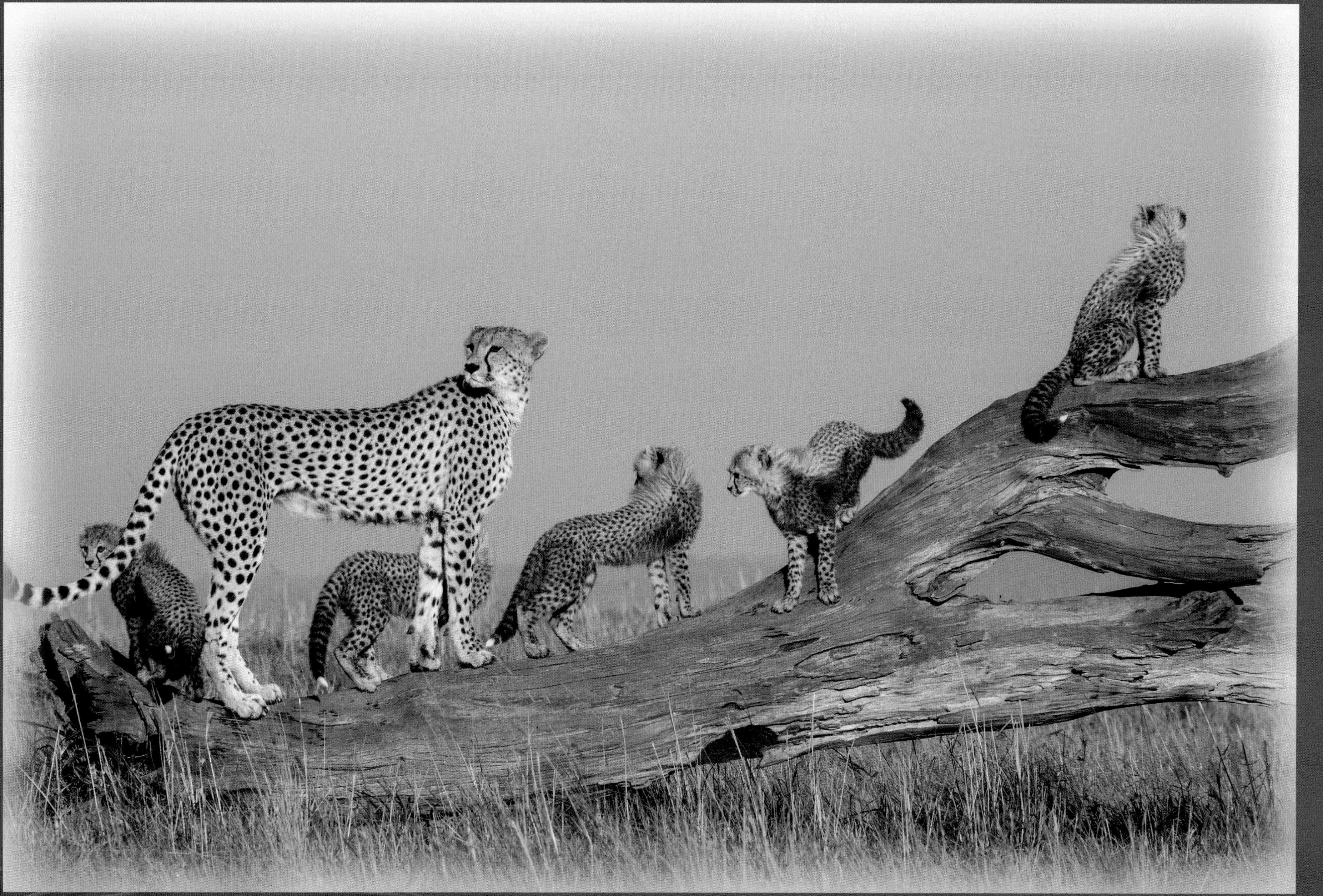

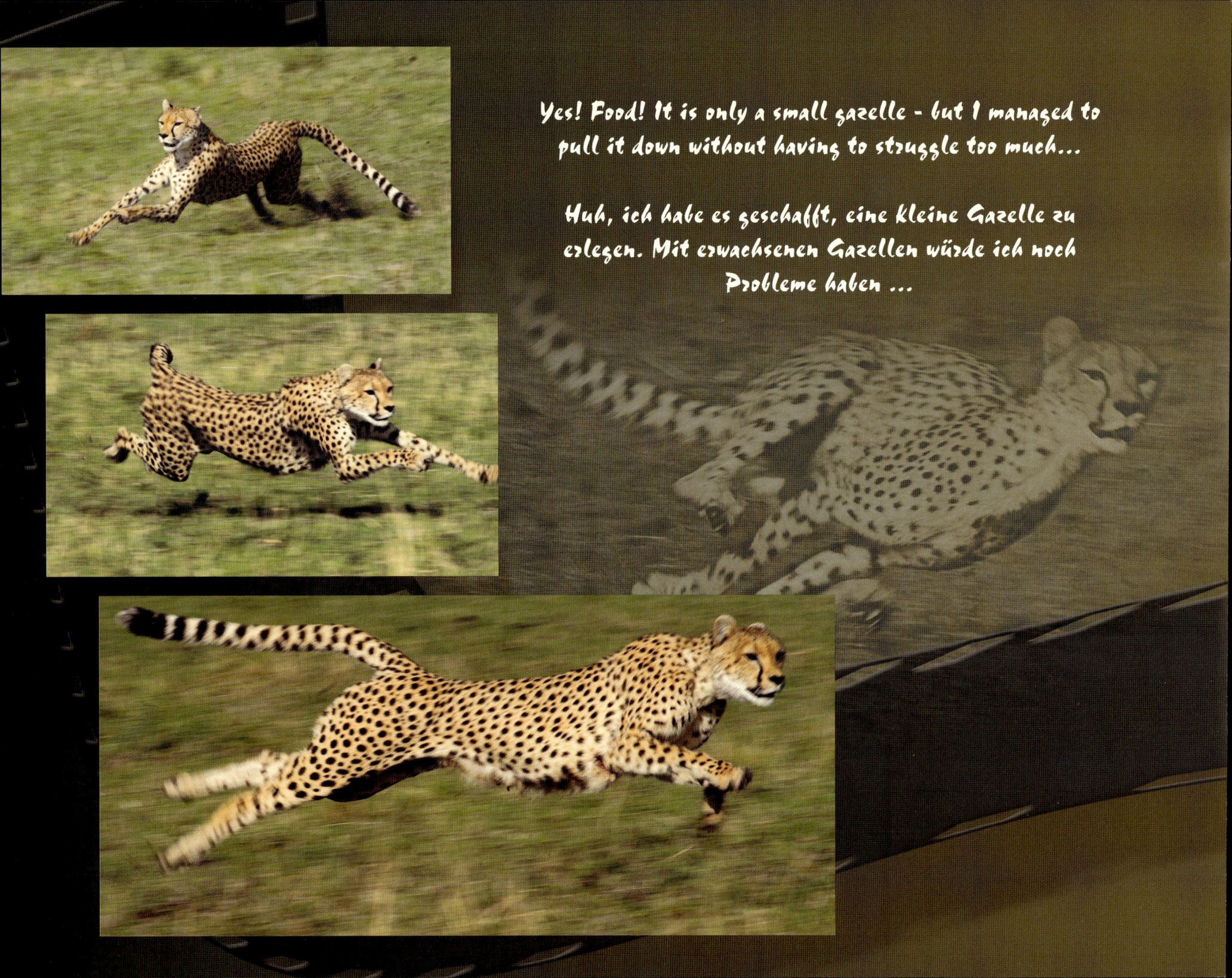

Yes! Food! It is only a small gazelle – but I managed to pull it down without having to struggle too much...

Huh, ich habe es geschafft, eine kleine Gazelle zu erlegen. Mit erwachsenen Gazellen würde ich noch Probleme haben ...

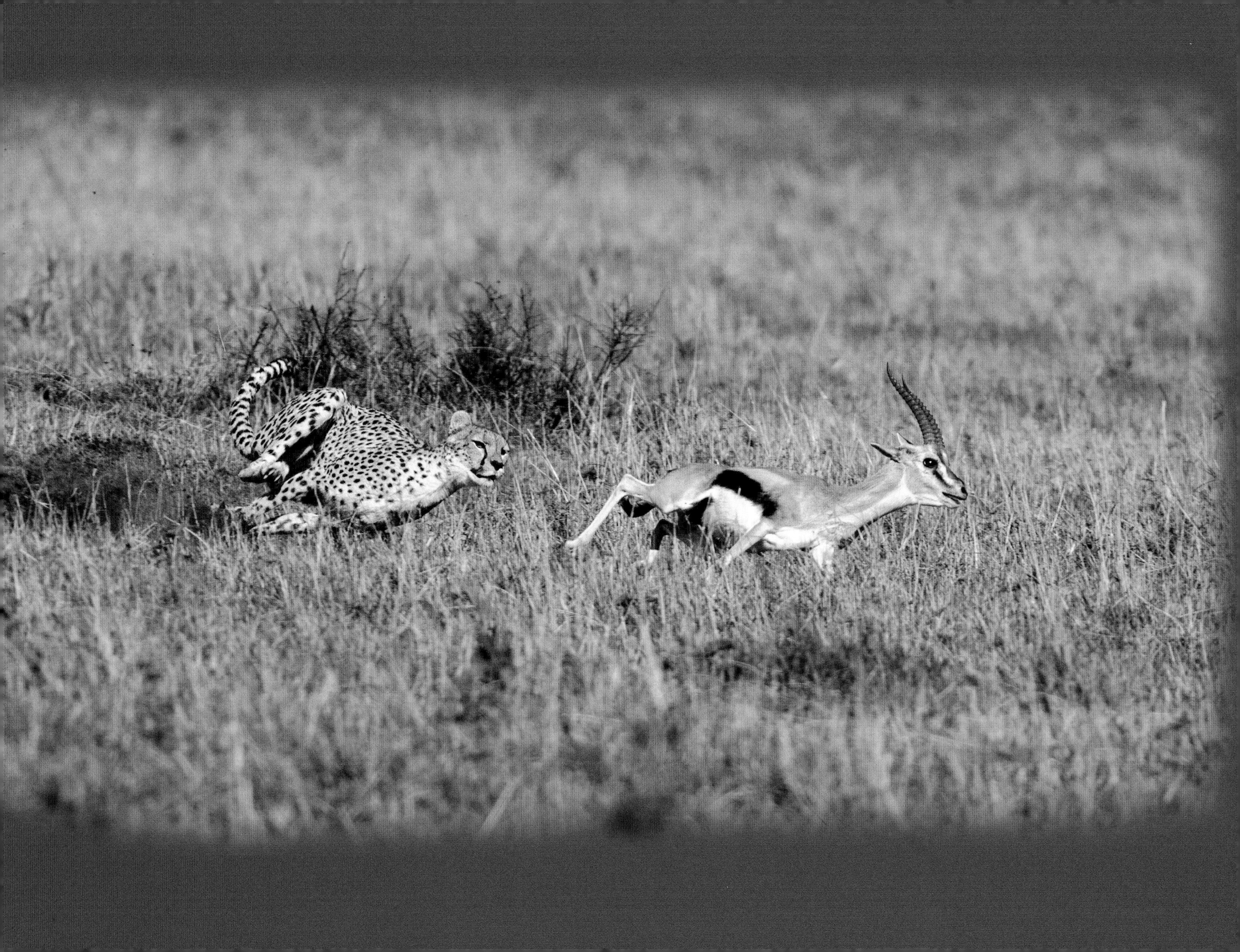

Until I am fully recovered, I hunt only small game. Our stomachs are not as full as usual, but we manage. My cubs gobble down some of their dinner and play with the rest. They certainly have no table manners!...

Für einige Zeit jage ich vorsichtshalber nur kleine Beutetiere. Aber wir kommen über die Runden, und meine Kleinen spielen wie verrückt mit den Überbleibseln. Nun, auch das ist Teil ihrer Entwicklung ...

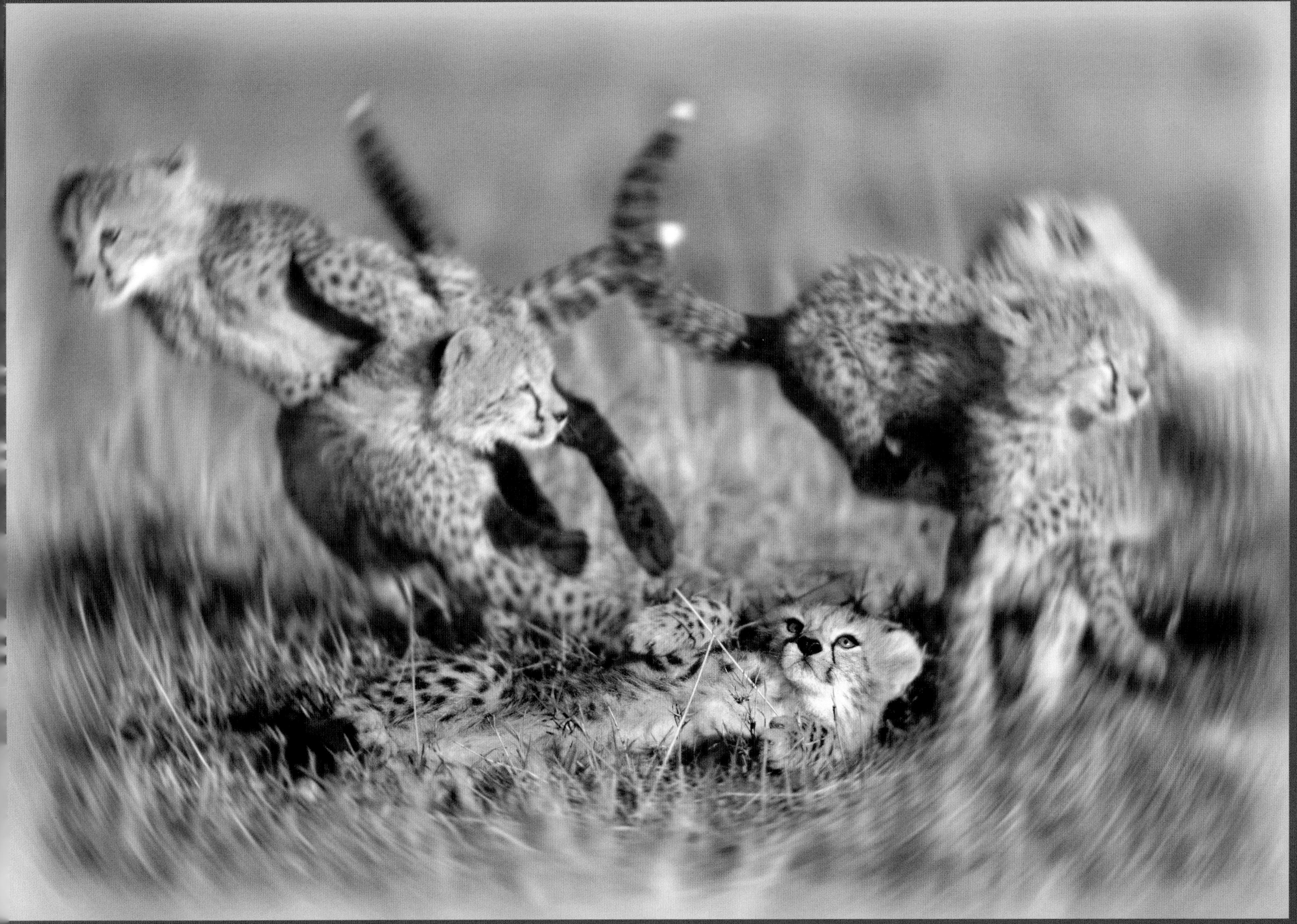

What a great day! The wound has finally healed. It is finally time to put this unfortunate incident behind us and move forward. I must focus on my responsibilities as a mother ...

Gut – Zeit, das Vergangene abzuschütteln. Ich denke, die Wunde ist verheilt und ich kann wieder die unerschrockene und voll verantwortliche Mutter sein ...

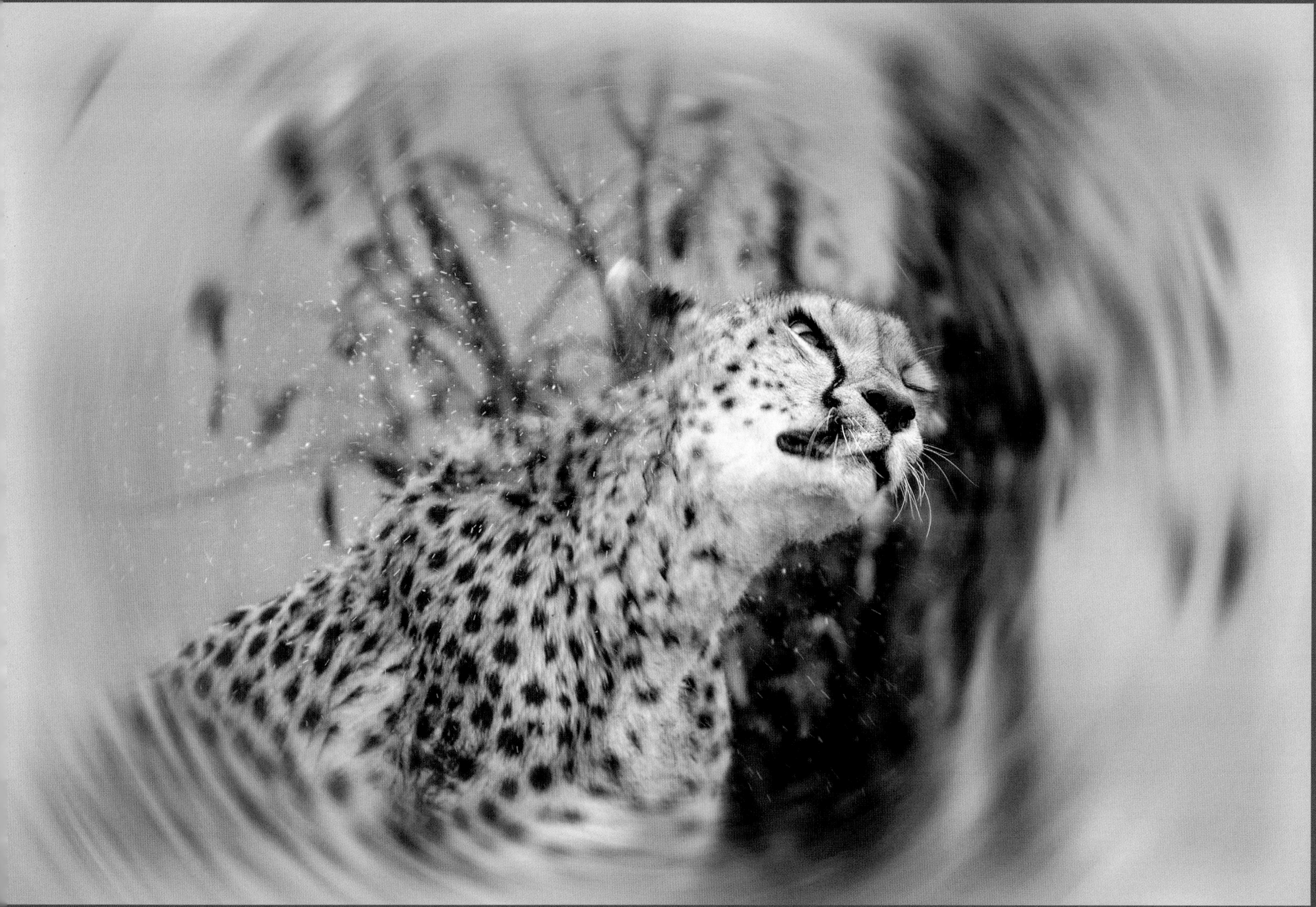

I love being a mother. Now that I'm healthy again, I appreciate it even more. I groom the young ones, but we also take time to be lazy – I think this is our favourite pastime...

Ich bin wirklich eine leidenschaftliche Mutter. Jetzt, nachdem ich mich wieder von der Verletzung erholt habe, genieße ich meine Aufgaben als Mutter noch mehr. Ich muss meine Kleinen reinigen, und natürlich mich selbst. Am allerliebsten ruhen wir uns allerdings aus ...

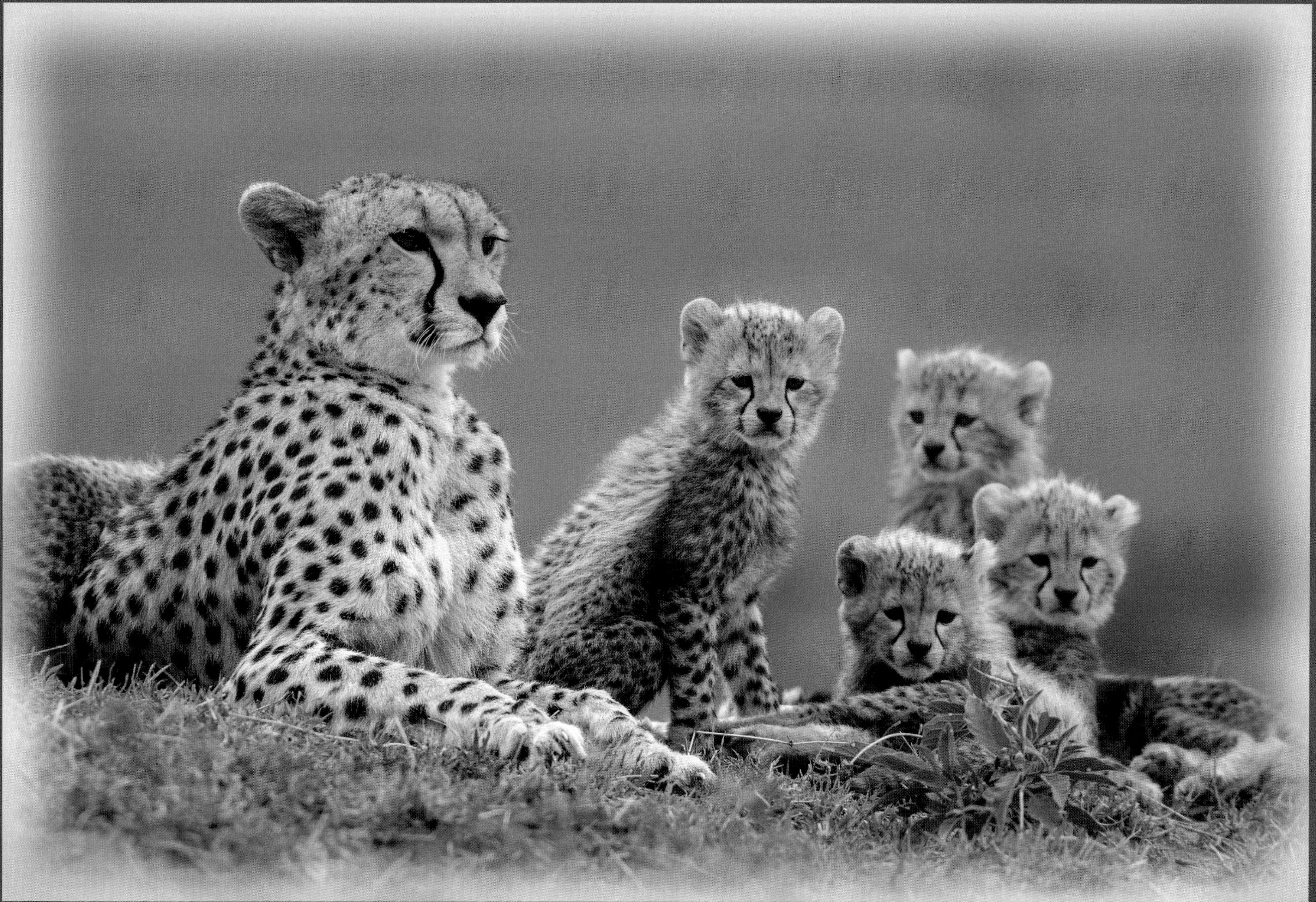

After recovering from such a life-threatening injury, I feel almost invincible. If I managed to protect and feed my family when I was severely injured, it proved to me that I can cope with anything. I am ready to hunt again, this time for big game – perhaps a zebra...

Es ist schon verrückt, aber ich habe wirklich das Gefühl, wenn ich so eine schwere Verletzung meistere, dass ich eigentlich alles schaffen kann. Ich jage jetzt sogar die wirklich großen Beutetiere wie Zebras ...

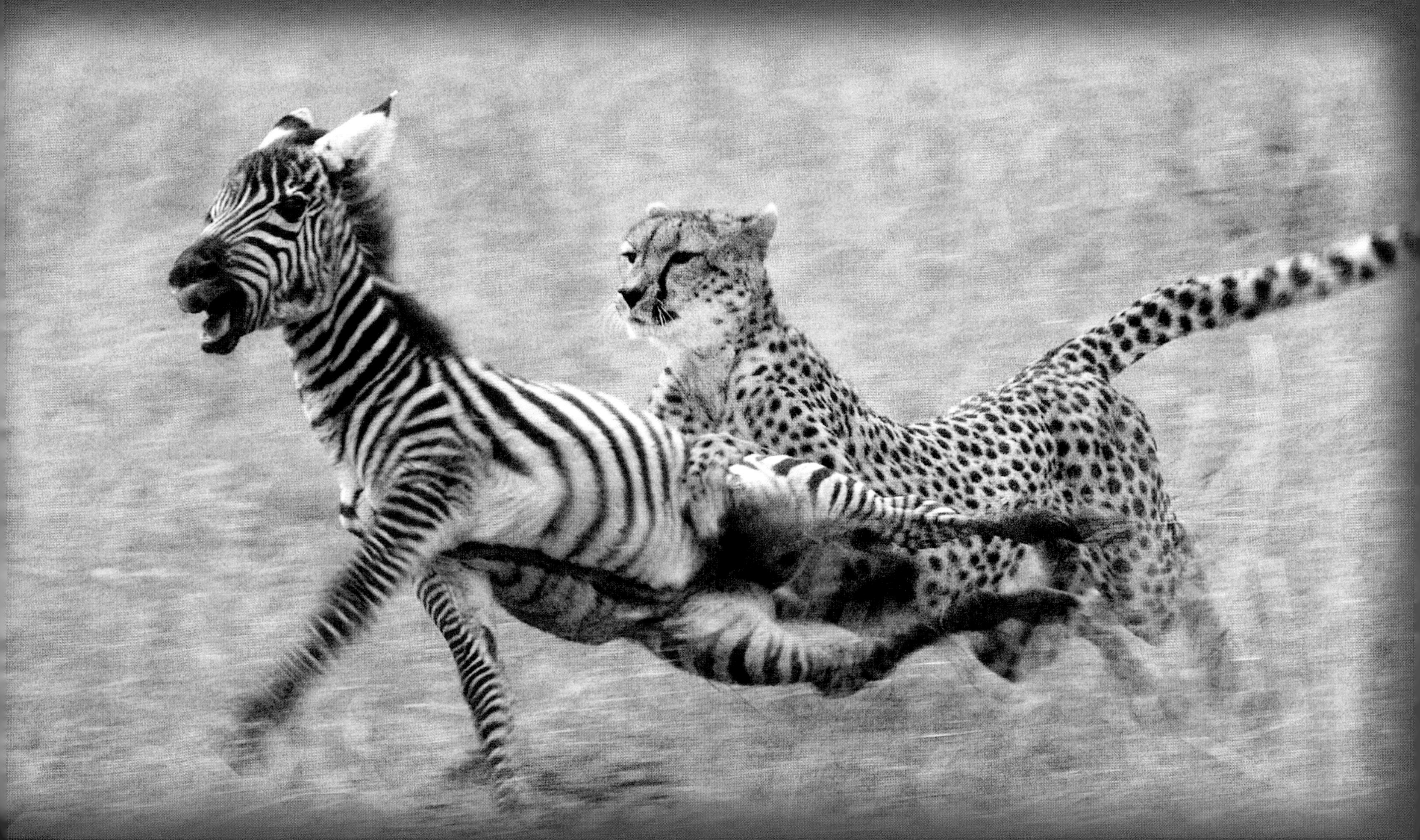

Our life has finally returned to normal. My children sense that all is well. I watch them climb each and every tree, instinctively strengthening their bodies and honing their survival skills…

Wir kehren in ein normales Leben zurück. Meine Kinder fühlen das auch. Sie klettern auf nahezu jeden Baum. Warum auch nicht – sie trainieren damit ihre Fitness …

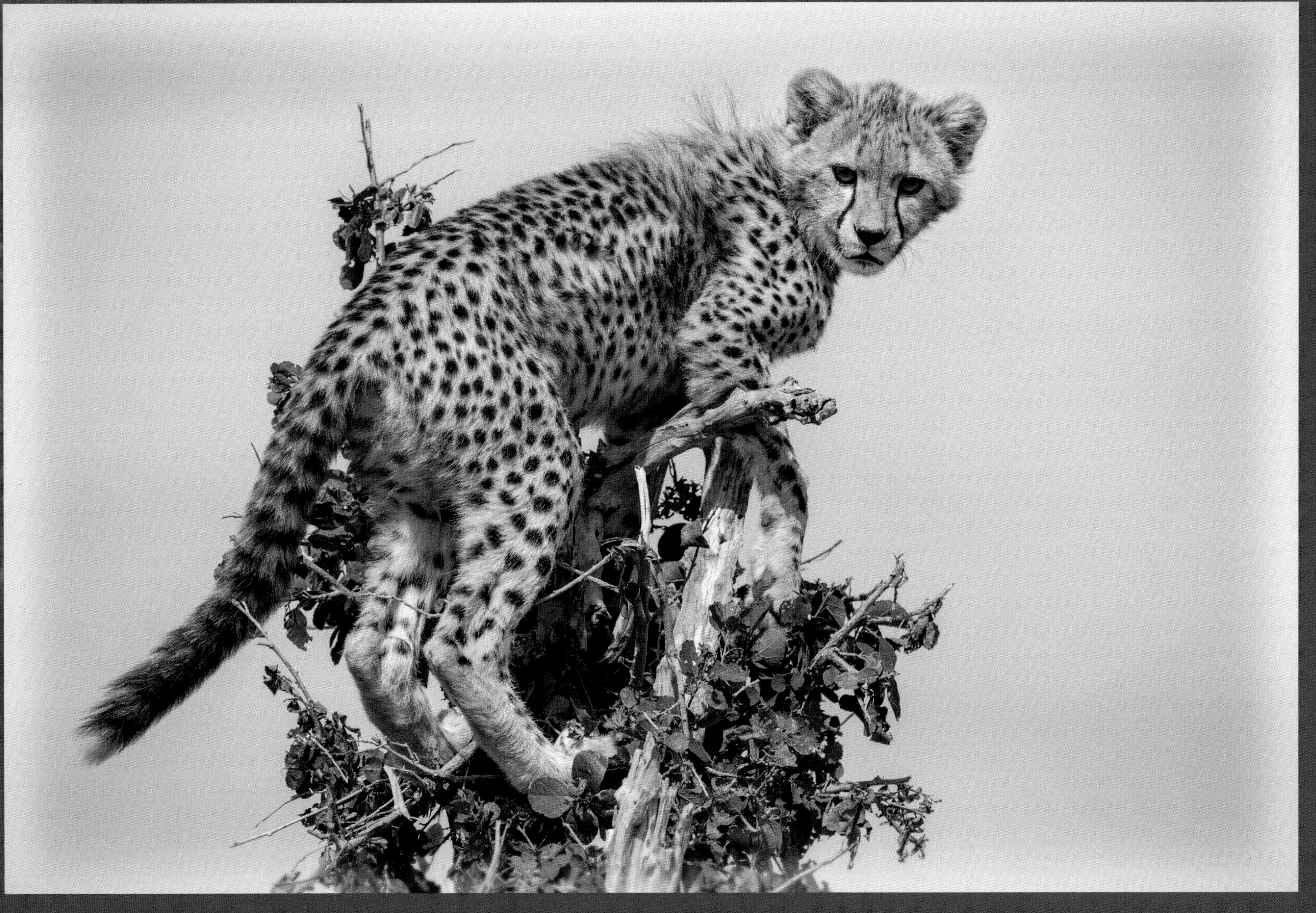

I am so thankful for my family – their dependence on me, and their need to be cared for and protected, were the weapons that forced me to recover from my injury. For me, family is everything...

"Herzlichen Dank an meine Familie" – es ist ein unglaublicher Zusammenhalt, der mir half, mich zu erholen und die schwersten Momente meines Lebens zu überstehen. Liebe ist die wichtigste Kraft auf der Welt. Ich liebe und bekomme Liebe. Das treibt mich zum Äußersten ...

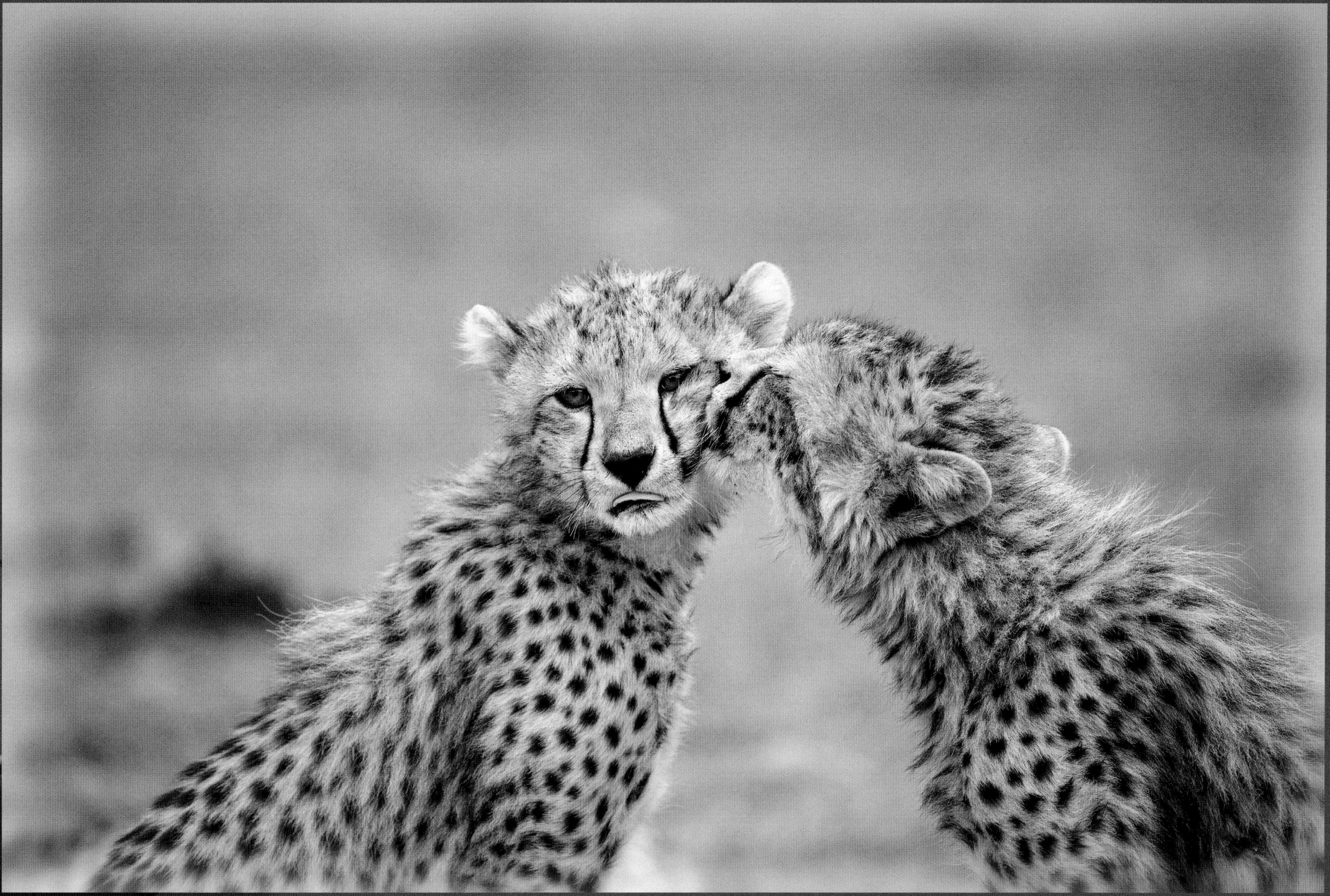

Day by day, my cubs – and their appetites – are growing. Now that I am strong again, I spend more time hunting. But there is never enough meat – I sense the cubs thinking "is that all?"...

Von Tag zu Tag scheinen meine Kleinen hungriger zu werden. So jage ich und jage ich, aber erfülle nie ihre Ansprüche. Zum Glück bin ich wenigstens wieder fit ...

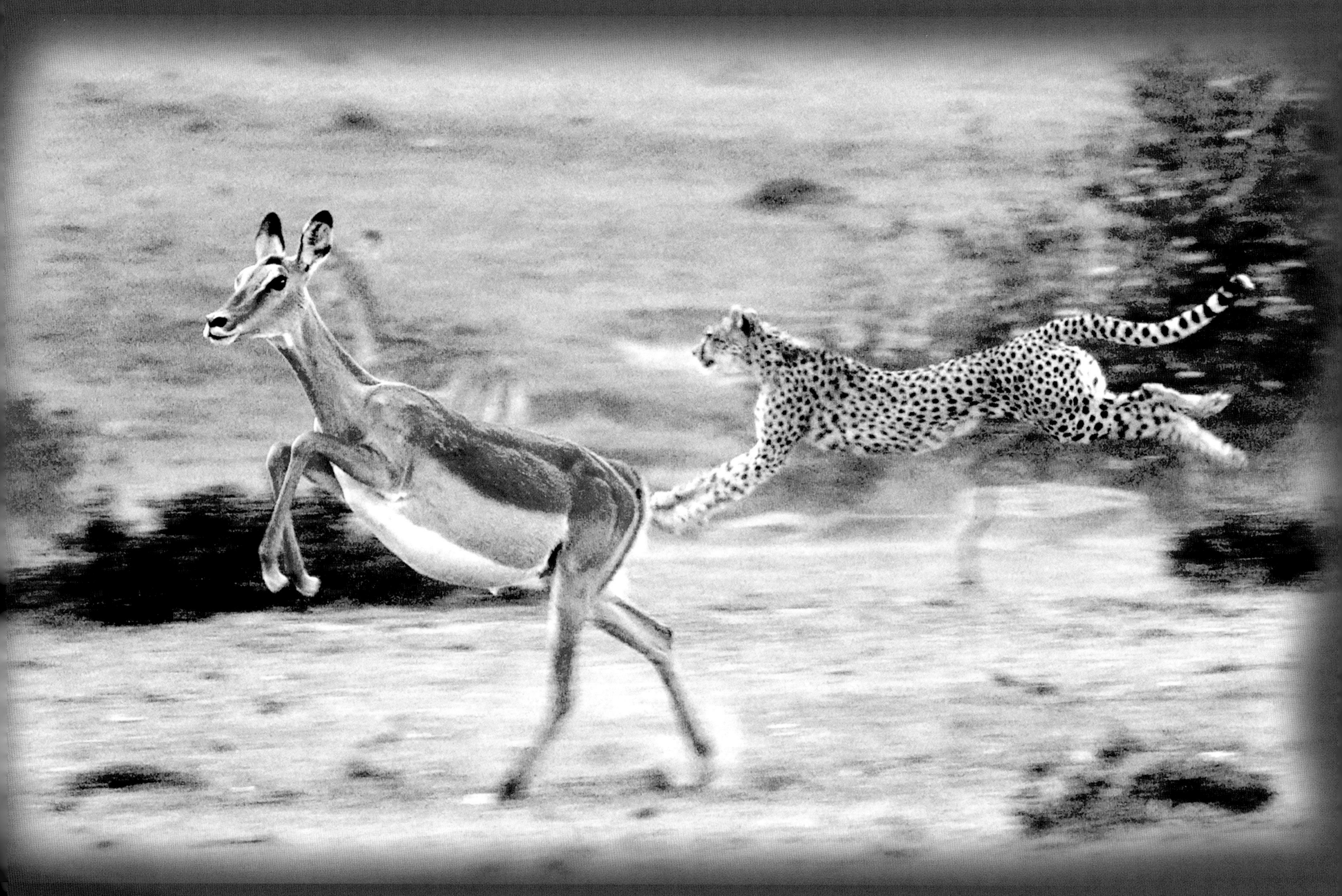

Puberty has suddenly created pandemonium in our family – it's enough to give me a headache. These guys have become even more of a handful than usual. They are restless; trouble finds them; their appetites are enormous – and they have become selfish, at times devouring the whole prey and leaving nothing for me…

Meine Kinder sind jetzt in der Pubertät. Es ist schwer, mit ihnen klarzukommen. Sie machen unendlich viel Quatsch und essen unglaublich viel. Zuweilen schlingen sie die Beute in sich hinein, ohne dass etwas für mich übrig bleibt. Sie machen mich fertig …

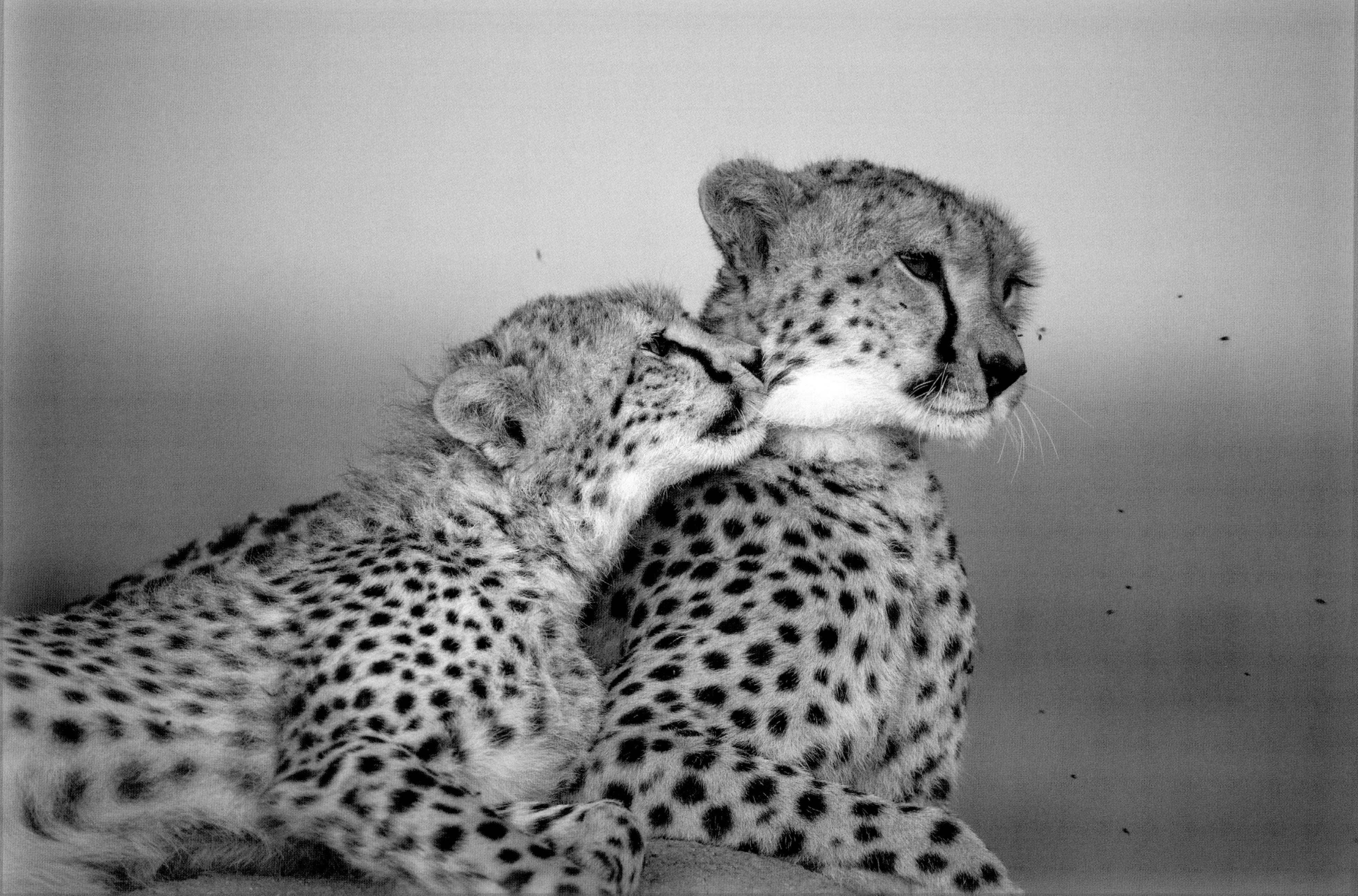

I have insisted that these little hellions of mine pay strict attention to my hunting strategies. It is time for them to learn that real life is not only play, but a do-or-die struggle for survival. That means they must master the skills of the hunt...

Ich ordne meinen Kindern an, wenigstens meine Jagden zu beobachten. Auf diese Weise lernen sie etwas über das wahre Leben und können sich bald am Jagen beteiligen ...

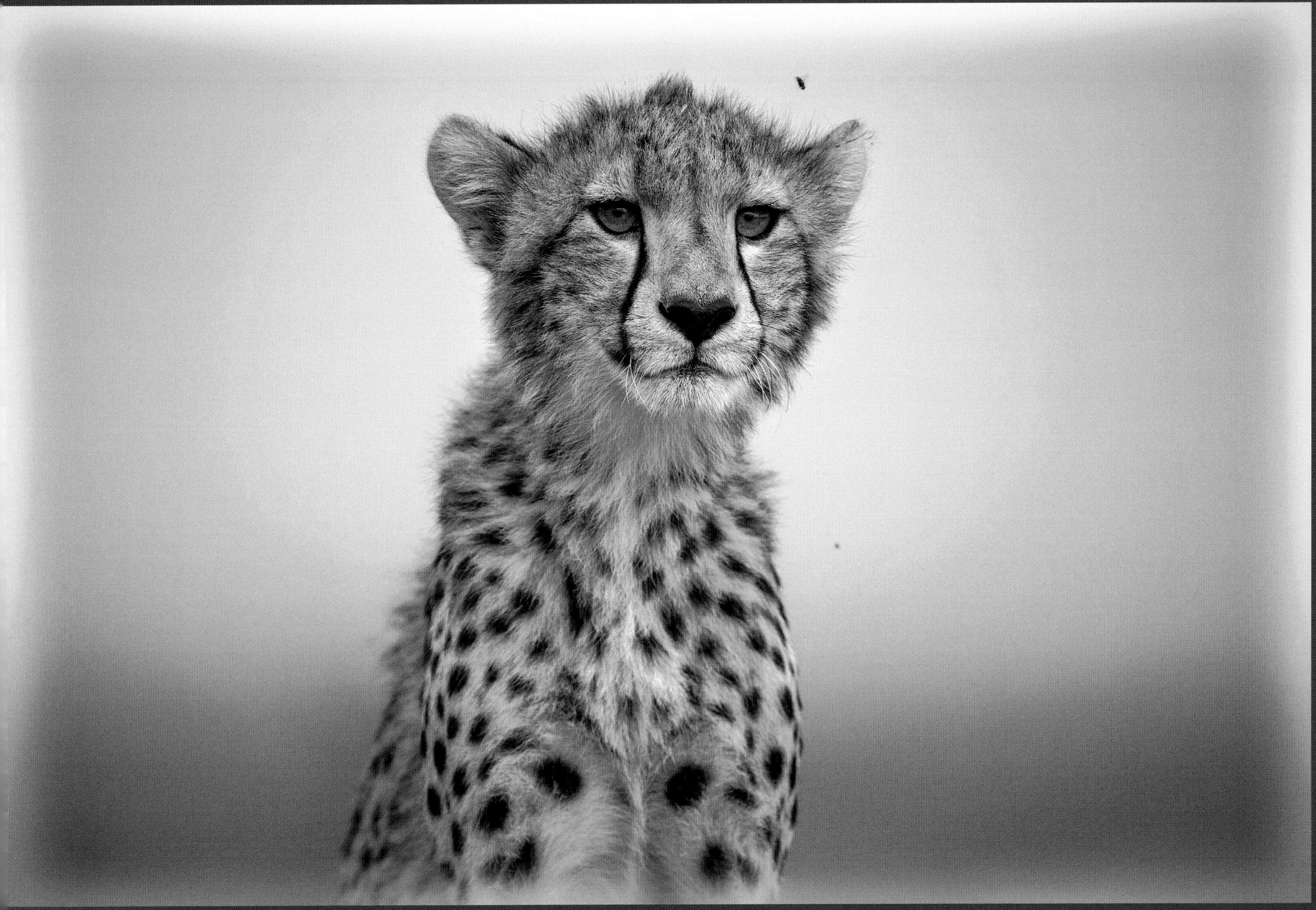

What a great family we are! We work as a team; we have the same interests – and we have fun…

Wir sind eine großartige Familie, Stück für Stück ein tolles Team, und wir sind sehr neugierig! Aber das Wichtigste ist, dass wir viel Spaß miteinander haben …

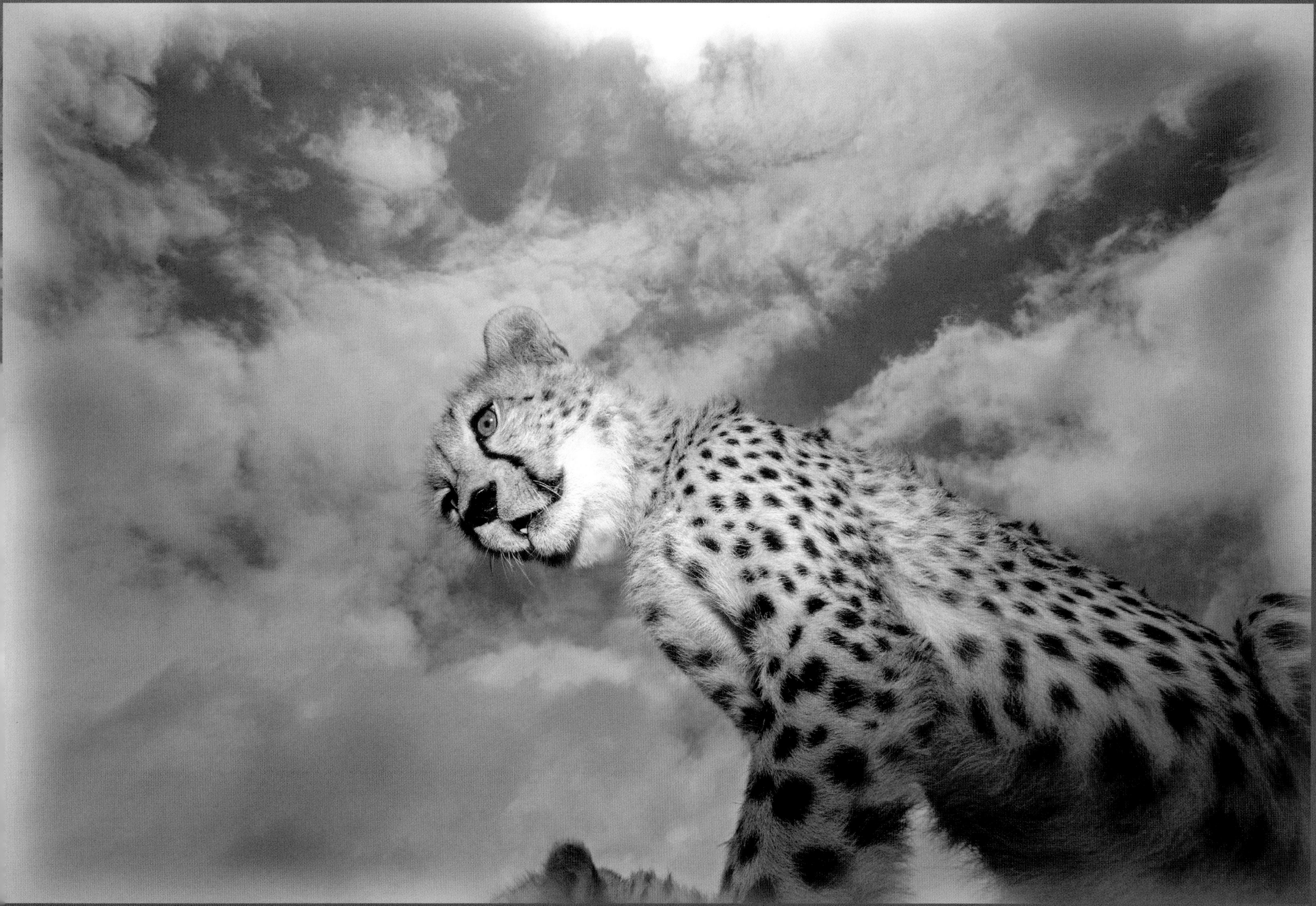

Marlo loves to climb – but his sister Martha, an even more passionate climber, has developed superior climbing skills. It is incredibly rewarding to watch how hard my cubs work, constantly sharpening their skills...

Mein Sohn Marlo liebt es zu klettern, aber meine Tochter Martha wurde im Laufe der Zeit darin viel besser, weil sie mehr Leidenschaft dafür entwickelt hat. Es ist großartig zu beobachten, wie sich meine Kinder weiterentwickeln ...

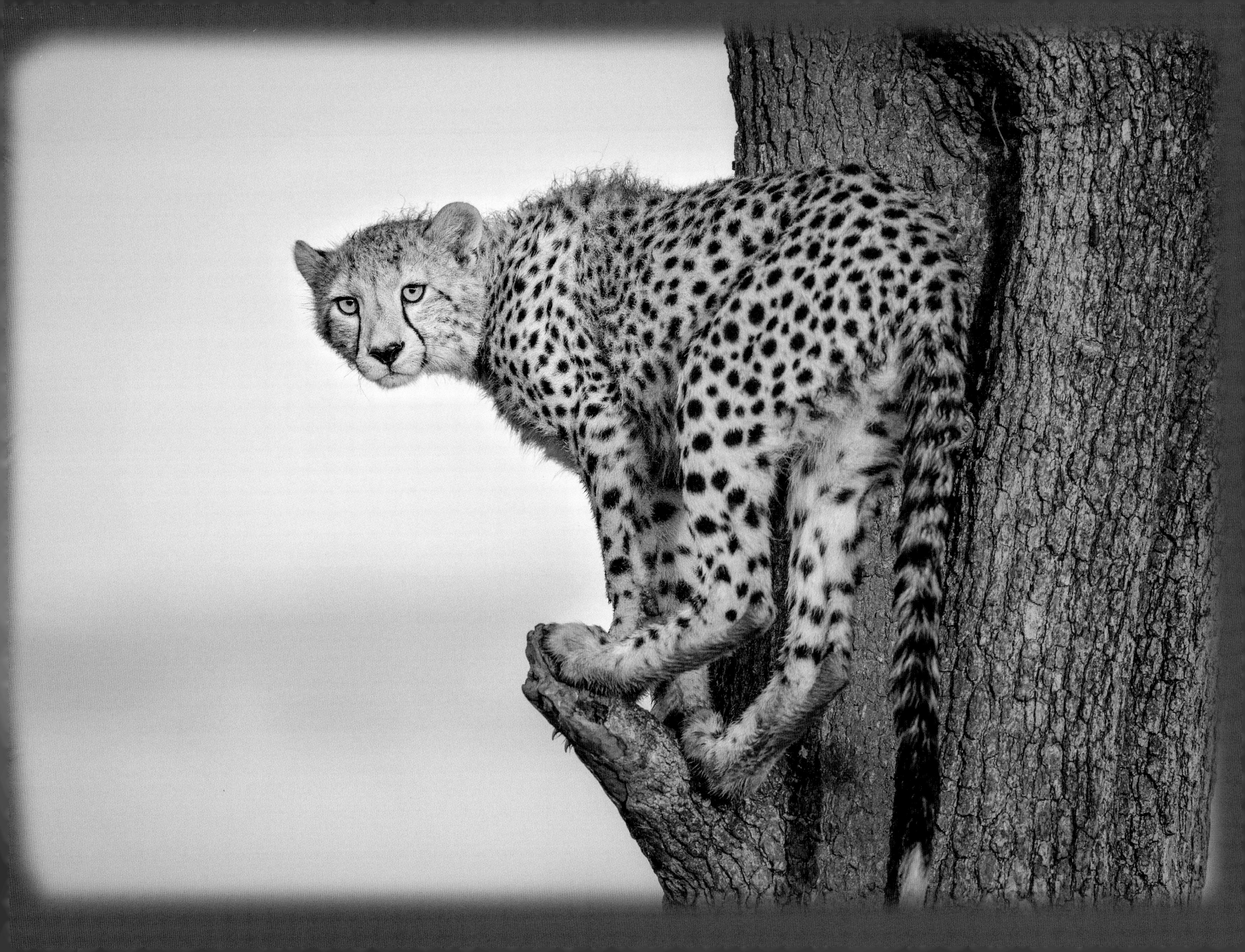

The cubs have become very strong – when they wrestle with one another, I see some similarities to young lions at play. It can get a little rough, with the occasional scratches, but luckily, nothing too serious...

Meine Kinder werden langsam sehr stark. Sie spielen schon fast wie Löwen. Zuweilen gibt es Kratzer, aber glücklicherweise nicht wirklich eine ernsthafte Verletzung...

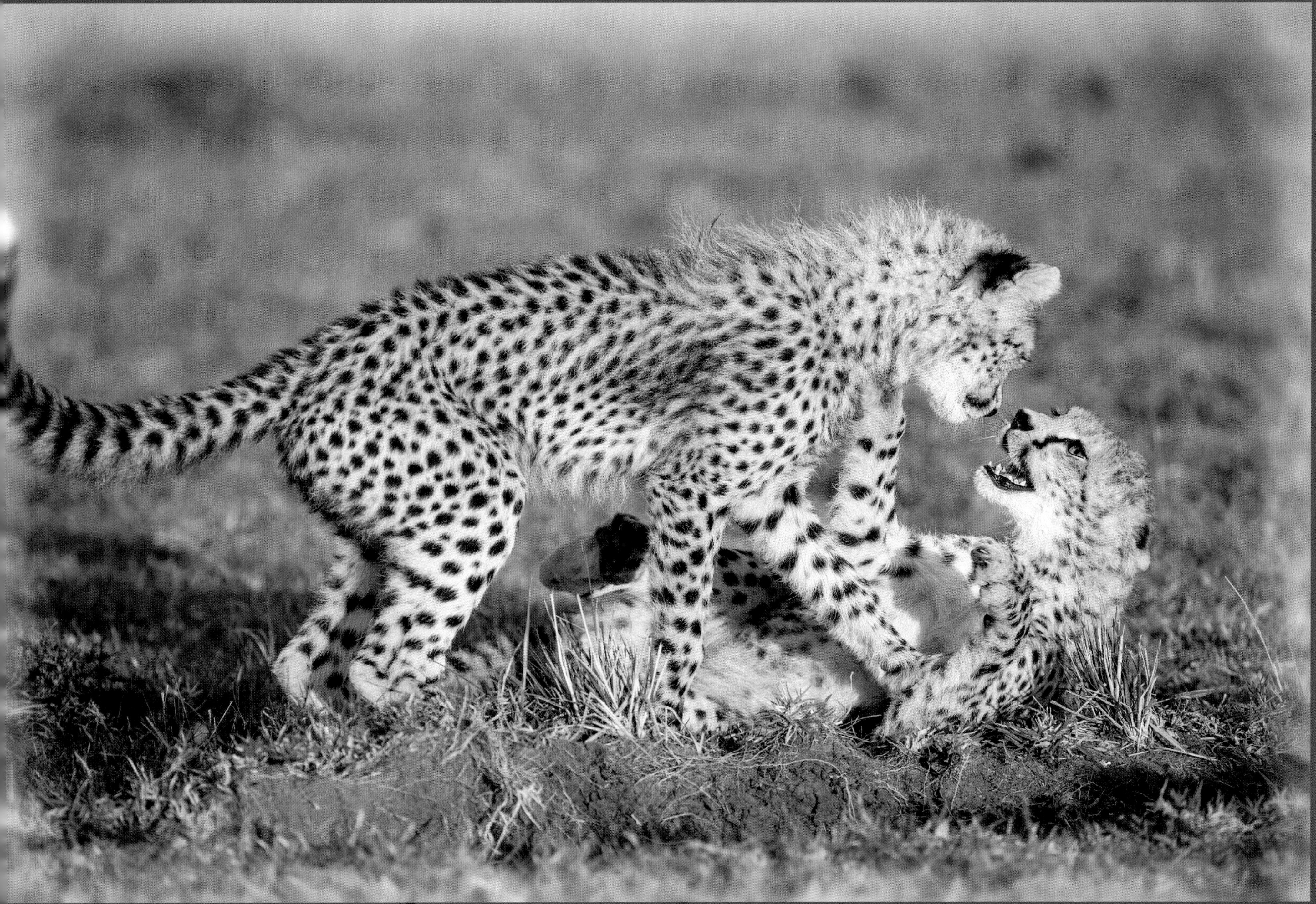

I still do the scouting, the chase, and the kill. But more and more, the family participates in the kill. They like to pretend they did the hunting too - but we all know who the hunter is...

Ich bin noch immer allein für die Jagd zuständig. Zumindest versuchen die Kinder sich mehr und mehr einzubringen. Oft machen sie aber nur so, als würden sie die Beute danach noch viele Male mehr töten...

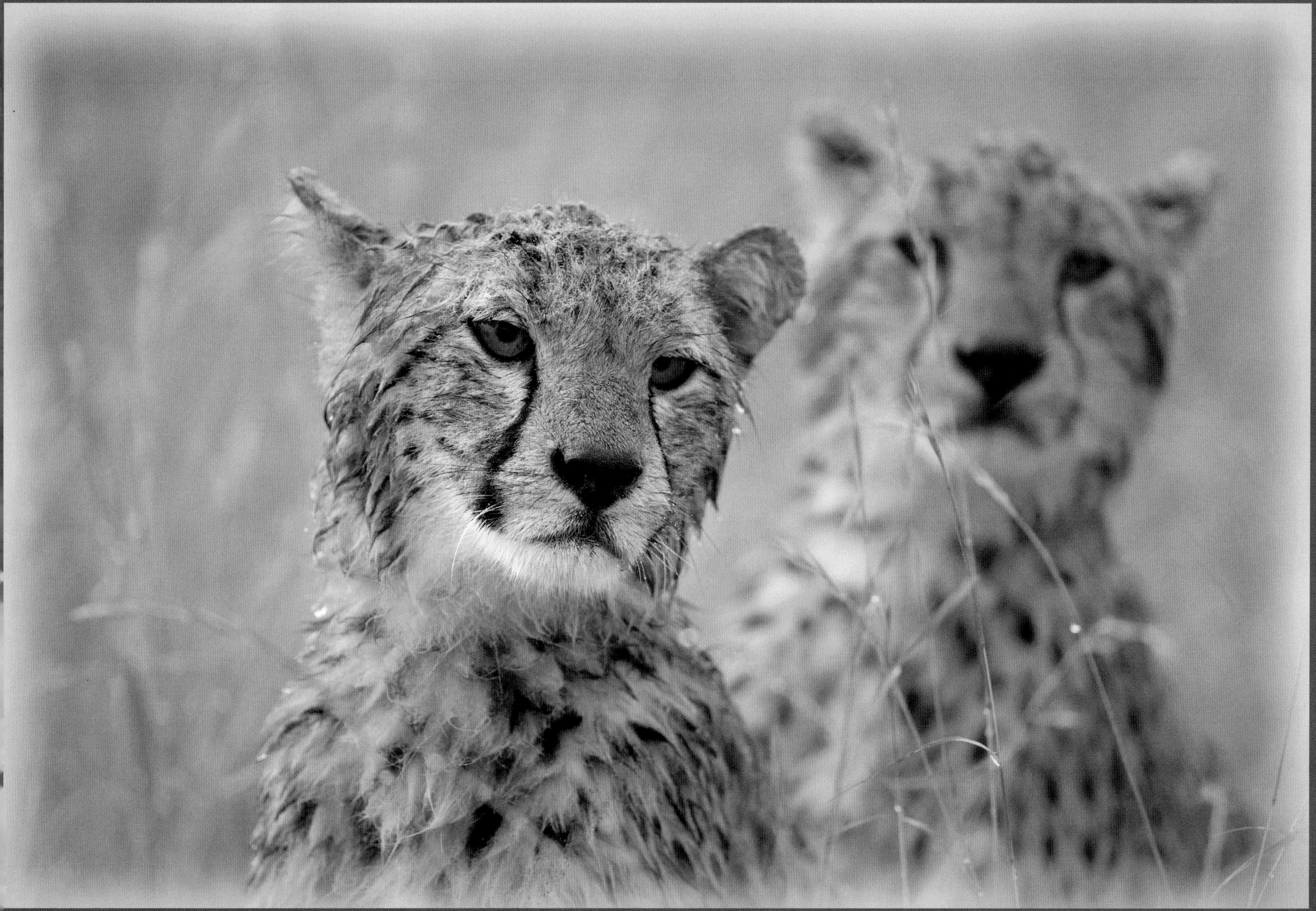

Occasionally, most-likely on a rainy day, the cubs are moody and demanding. My patience can be severely tested. They act like babies again, expecting to be the centre of my attention. Of course, they eventually learn to not expect it....

Manchmal sind meine Kinder schlecht gelaunt. Meistens ist das wegen des Regens. Aber bisweilen hat es auch damit zu tun, dass sie mir helfen müssen. Ich ignoriere das strikt und schließlich lernen sie, dass sie mich so nicht beeinflussen können...

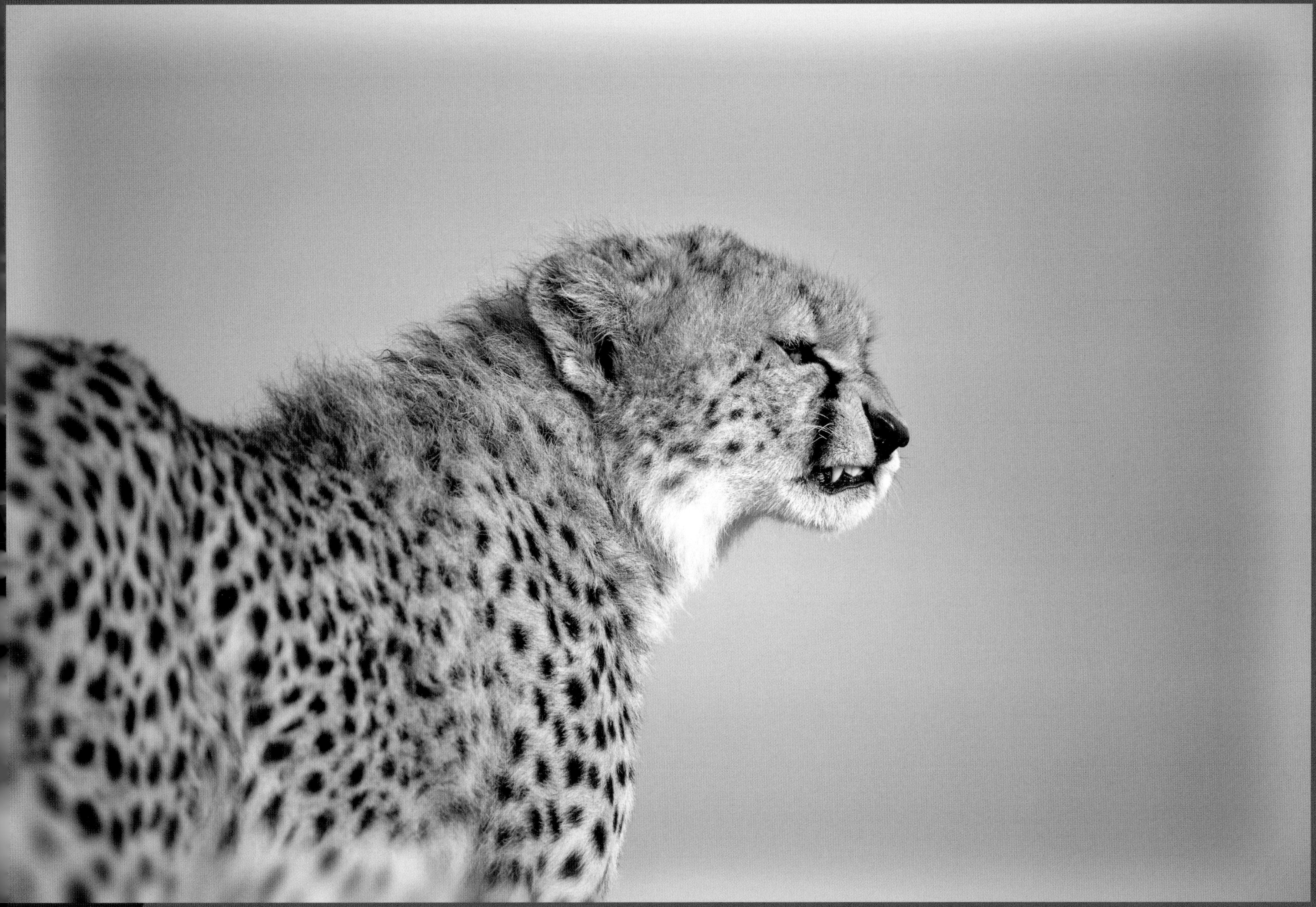

My cubs are now 'apprentice' hunters. I will continue to scout the prey – a small gazelle. But it is the cubs who must complete the job.
They will very quickly learn the consequences – success means full stomachs; failure means hunger...

Zeit die Ausbildung zu beginnen. Ab sofort müssen meine Kinder an der Beute lernen. Sooft ich eine junge Gazelle finde, fange ich sie und sie müssen die Jagd beenden. Schnell erkennen sie, Erfolg heisst voller Magen', Misserfolg bedeutet leerer Magen'...

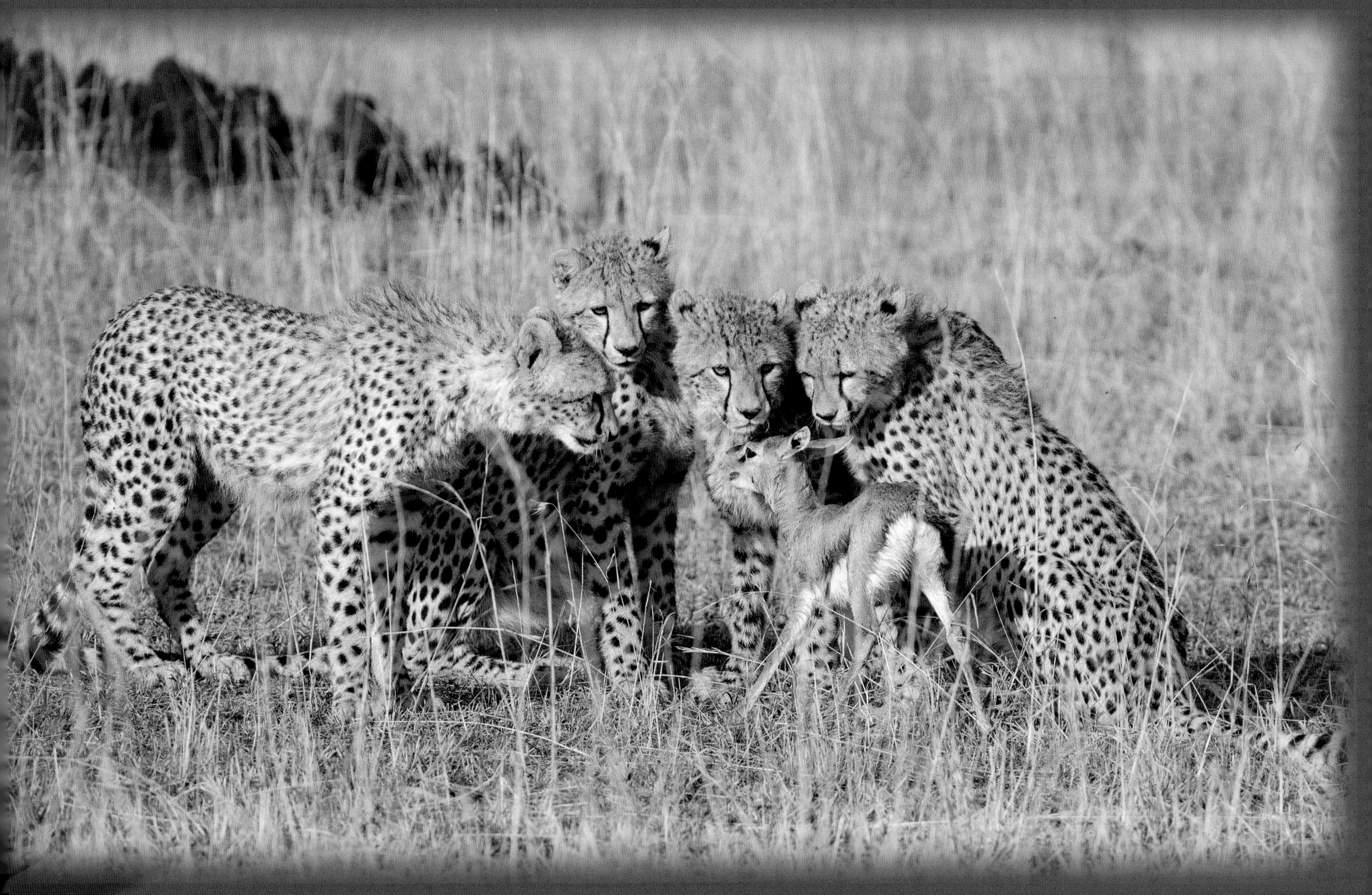

Cheetahs do not hunt buffalo! I foolishly decided to test this theory. Although I eventually managed to succeed, the effort was more exhausting, more dangerous, and much more work than I had ever dreamed. Who will ever believe this unlikely story?...

Geparden jagen keine Büffel. Ich dachte, ich sollte es mal probieren. Und es funktionierte, obwohl es gefährlicher und anstrengender war, als alles andere zuvor.
Wer wird mir ohnehin die Story jemals glauben?...

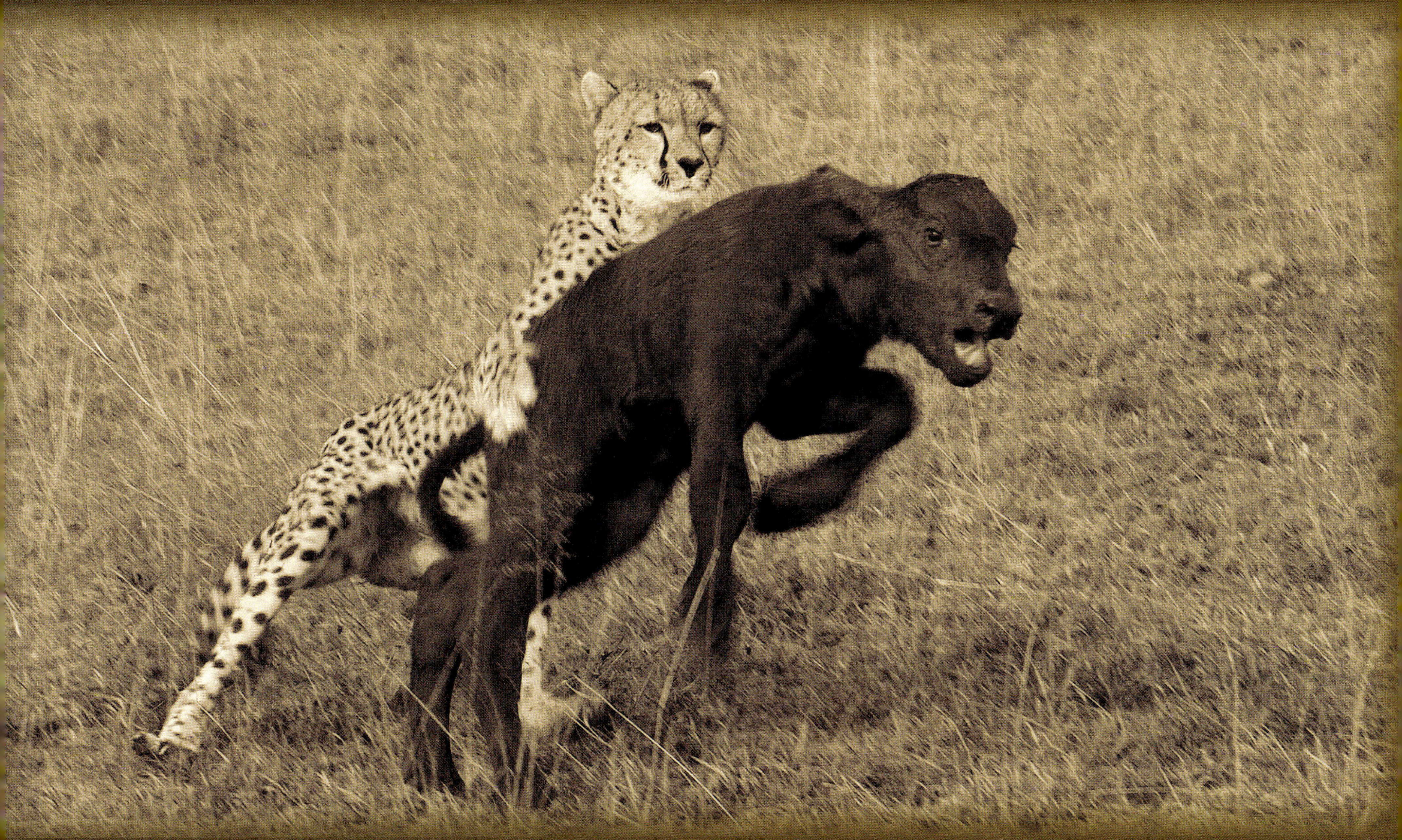

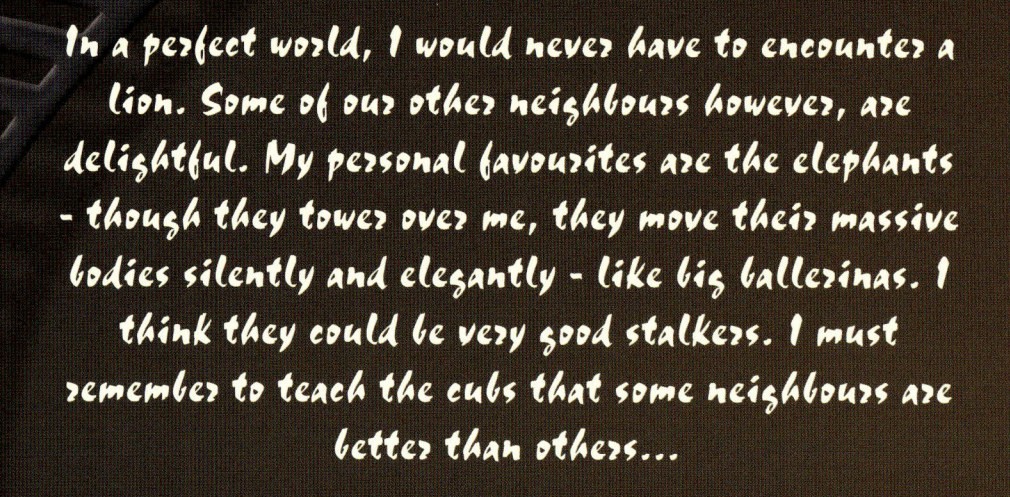

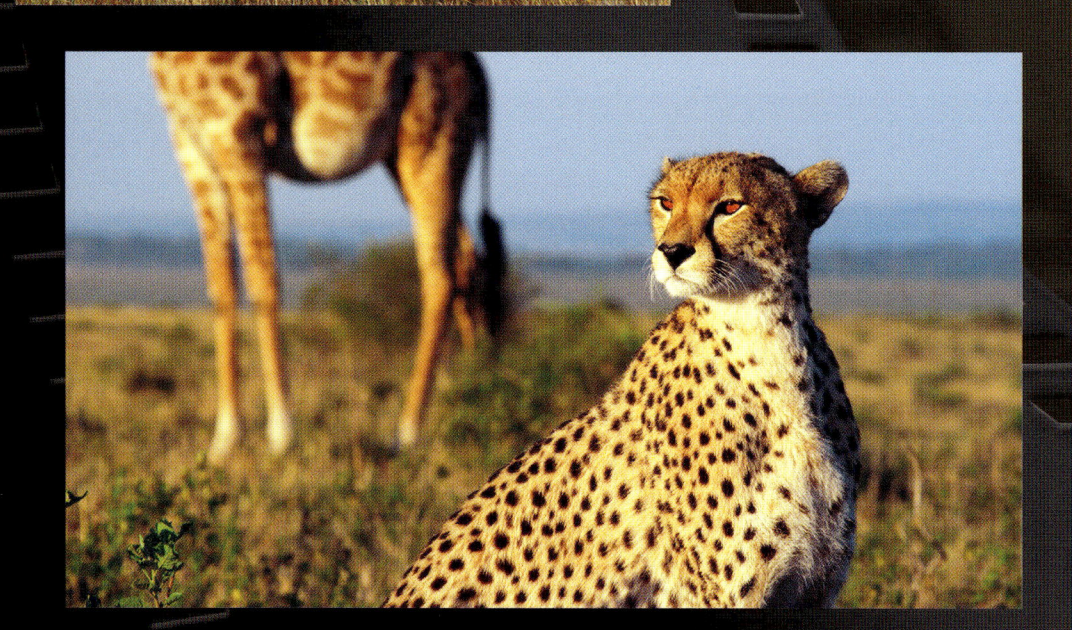

In a perfect world, I would never have to encounter a lion. Some of our other neighbours however, are delightful. My personal favourites are the elephants - though they tower over me, they move their massive bodies silently and elegantly - like big ballerinas. I think they could be very good stalkers. I must remember to teach the cubs that some neighbours are better than others...

Es gibt Begegnungen, die sind einfach nur schön und entspannt. Meine persönlichen Stars sind Elefanten. Ich bewundere es sehr, wie sie nahezu lautlos ihren riesigen Körper durch die Steppe bewegen. Andererseits hasse ich es, Löwen zu begegnen. Letztlich muss ich aber meine Kinder auch für eine solche Herausforderung trainieren ...

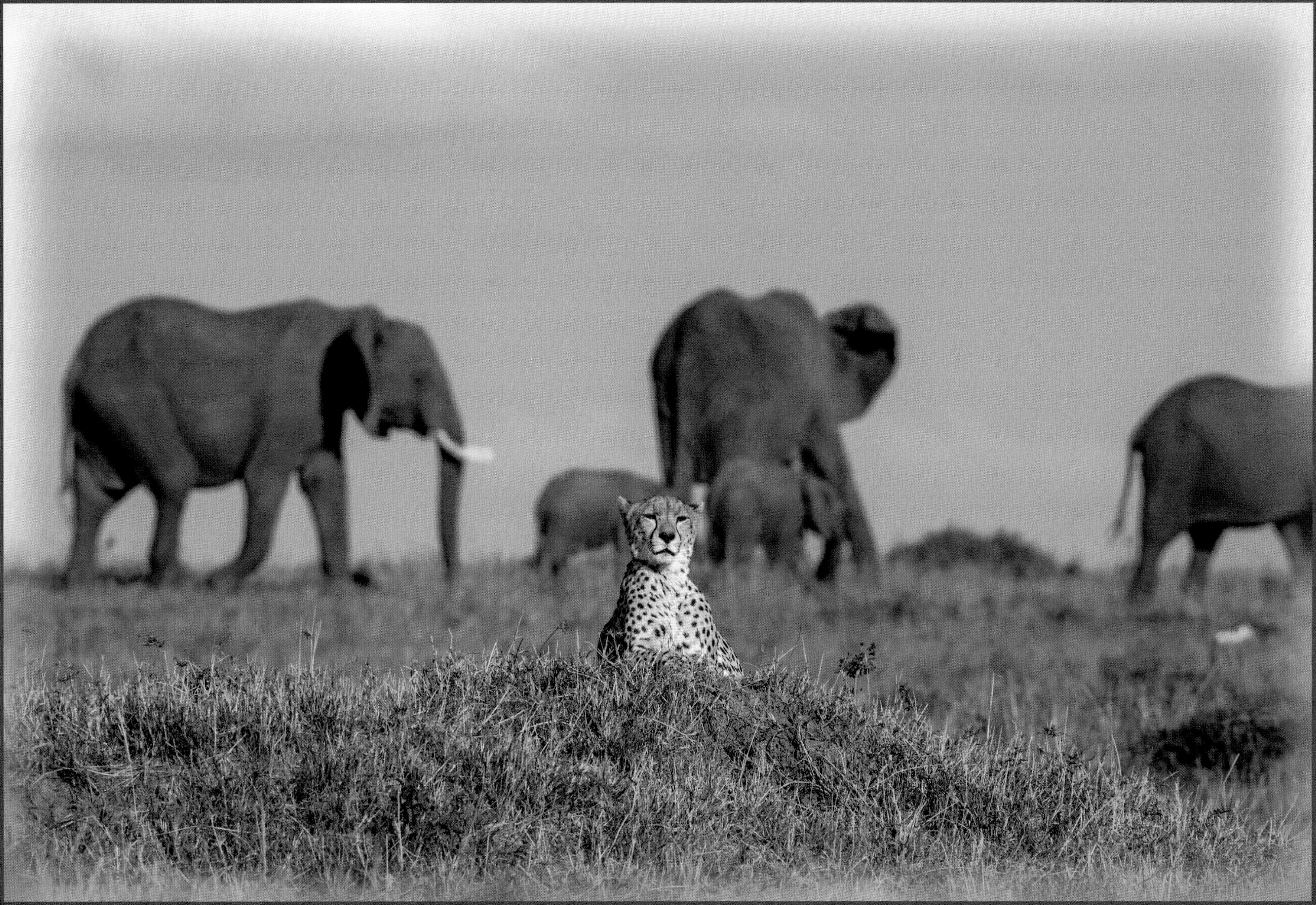

Grant's gazelles are suitable prey for our hunt – but they are tough fighters who refuse to give up easily. I am relieved that my lessons have paid off and the cubs are keen to help. I am proud of Martha, the most successful, and a natural hunter. But today, I am most pleased with shy Majet who, after a brief hesitation, joined in...

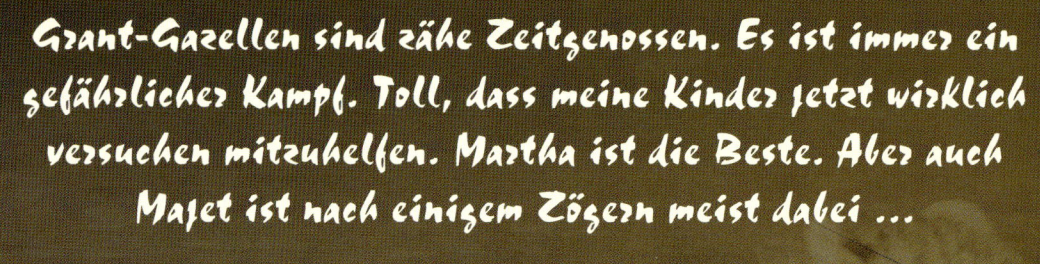

Grant-Gazellen sind zähe Zeitgenossen. Es ist immer ein gefährlicher Kampf. Toll, dass meine Kinder jetzt wirklich versuchen mitzuhelfen. Martha ist die Beste. Aber auch Majet ist nach einigem Zögern meist dabei ...

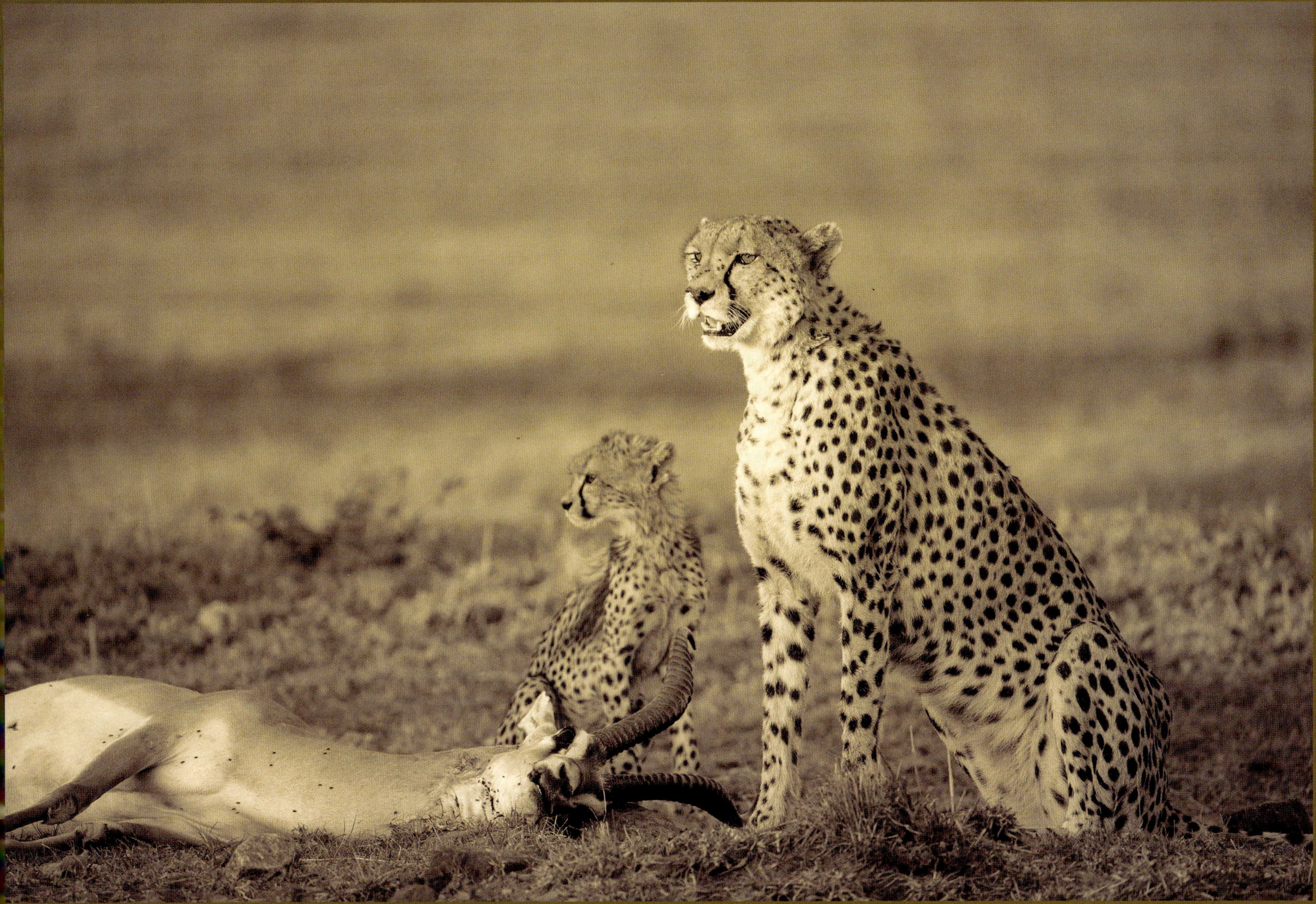

'Hit the road, kids!' - sadly, this seems to be our mantra whenever the lions get too close. I really dislike looking and feeling like a coward, but for the cubs' sake, it's wiser to be safe than sorry…

„Zeit zu gehen" – das ist leider sehr oft unser Motto, wenn Löwen zu nahe in unserer Nachbarschaft verweilen. Ich nehme mir immer vor, ihnen zu zeigen, dass ich keine Angst habe, aber für meine Kleinen ist es doch sicherer zu gehen …

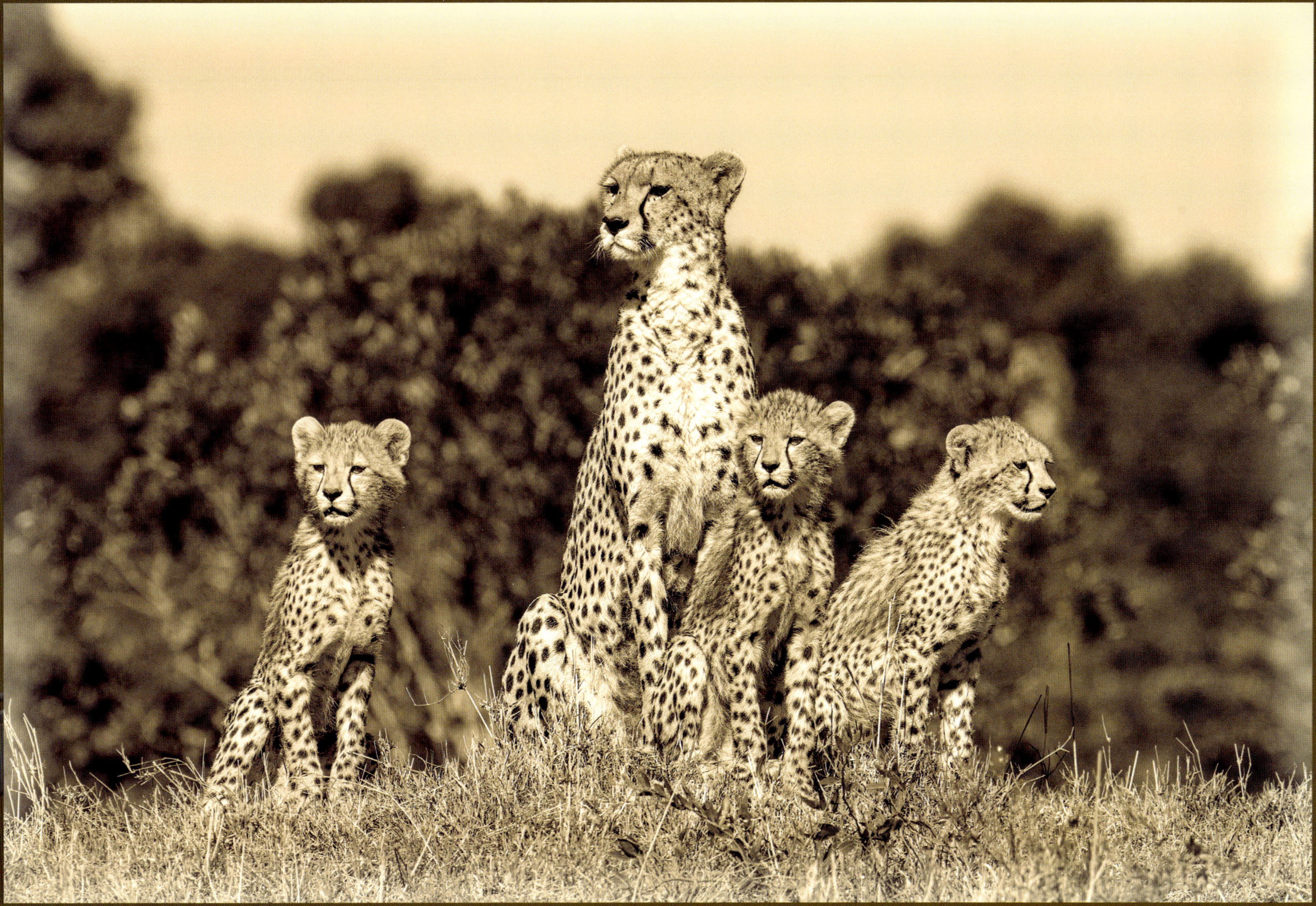

What a great day for my daughter, Martha! With only minor help from me, she brought down a warthog! This is definitely an event to celebrate…

Das ist ein großer Tag im Leben meiner Tochter Martha. Sie fing ein Warzenschwein. Gut, ich musste sie ein wenig beim Erwürgen unterstützen, aber trotzdem ist es ein unglaubliches Ereignis …

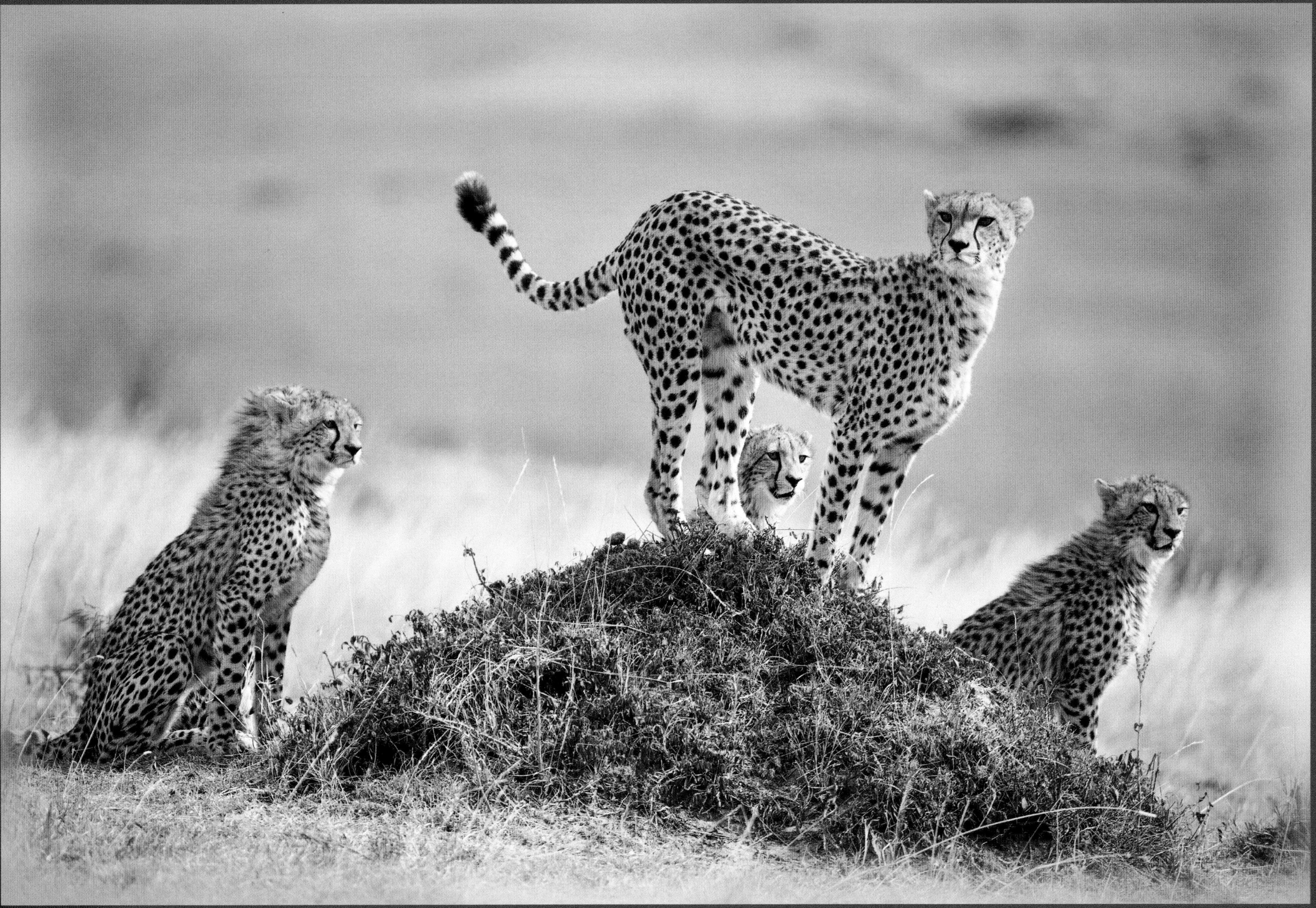

I finally feel confident that my little gang is armed and ready to take on the joys, responsibilities, and dangers of life on the plain. They are determined to show me they've learned their lessons and know the rules. This is the same environment I grew up in – my offspring make me so proud...

Ich habe das Gefühl, meine Kinder könnten es schaffen, die Herausforderungen draußen in der Steppe zu meistern! Sie sind sehr interessiert und aktiv. So war ich in meiner Jugend auch. Das macht mich sehr stolz!...

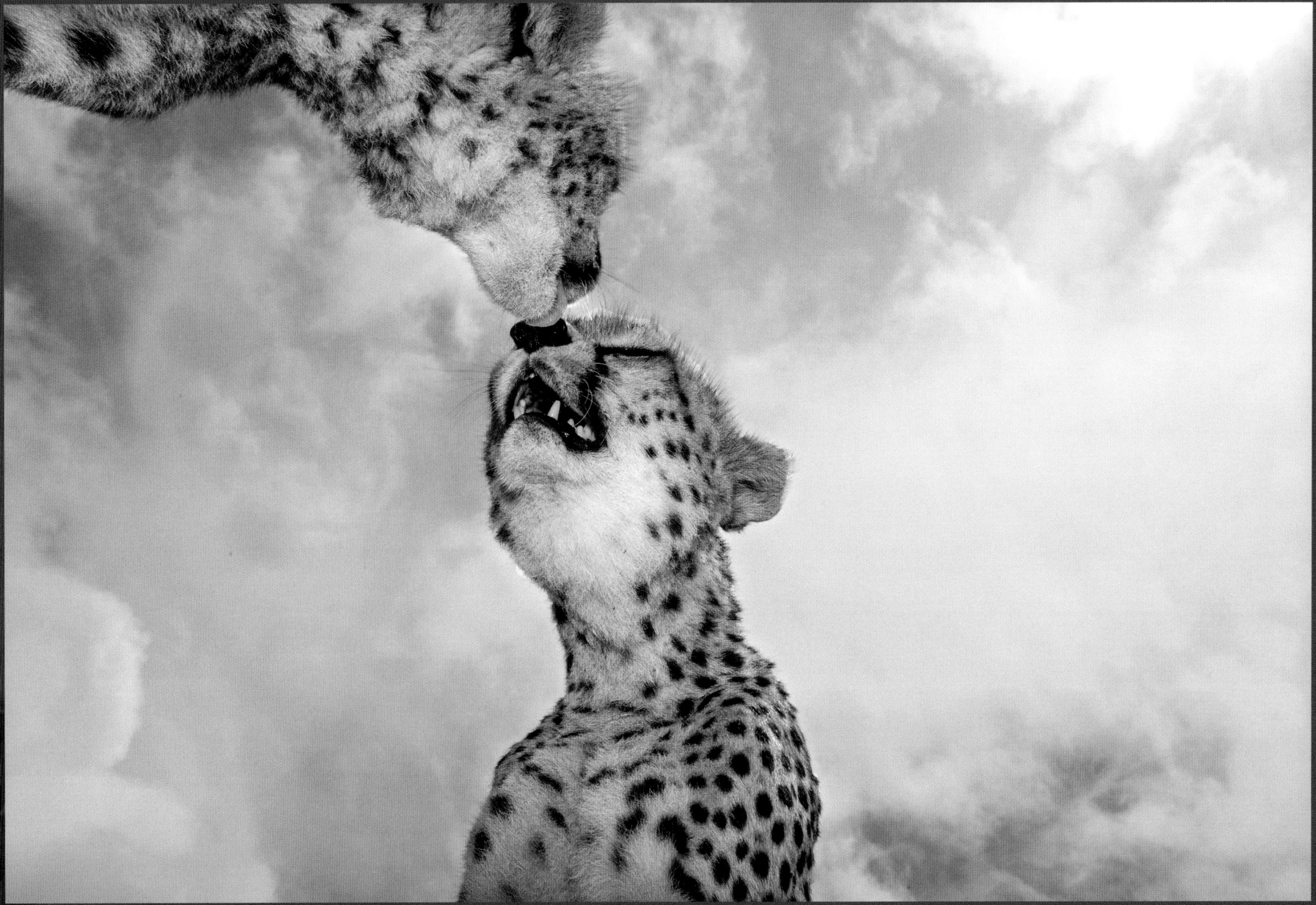

'Hey, don't play with the prey!' – my cubs have heard this from me so often, they can say it in their sleep. They know that we cheetahs take pride in killing fast and painlessly – they also know I'm a bit annoyed because they still need more practice….

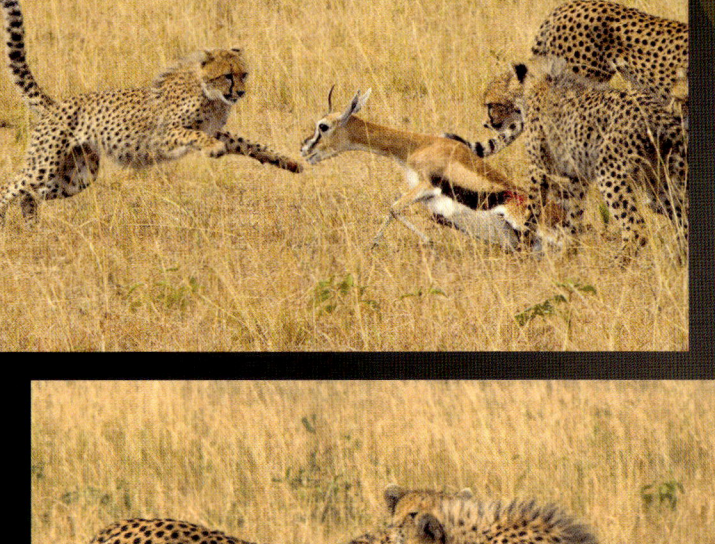

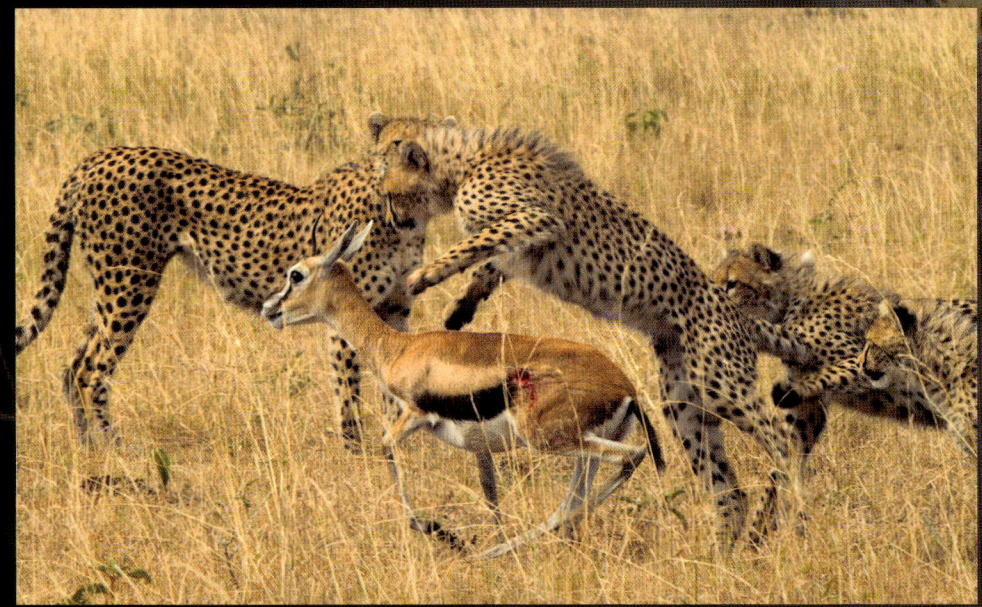

„Hey, mit der Beute spielt man nicht!" – Wir Geparden töten schnell und schmerzlos. Aber meine Kinder sind noch zu tollpatschig. Ich bin ein bisschen böse darüber …

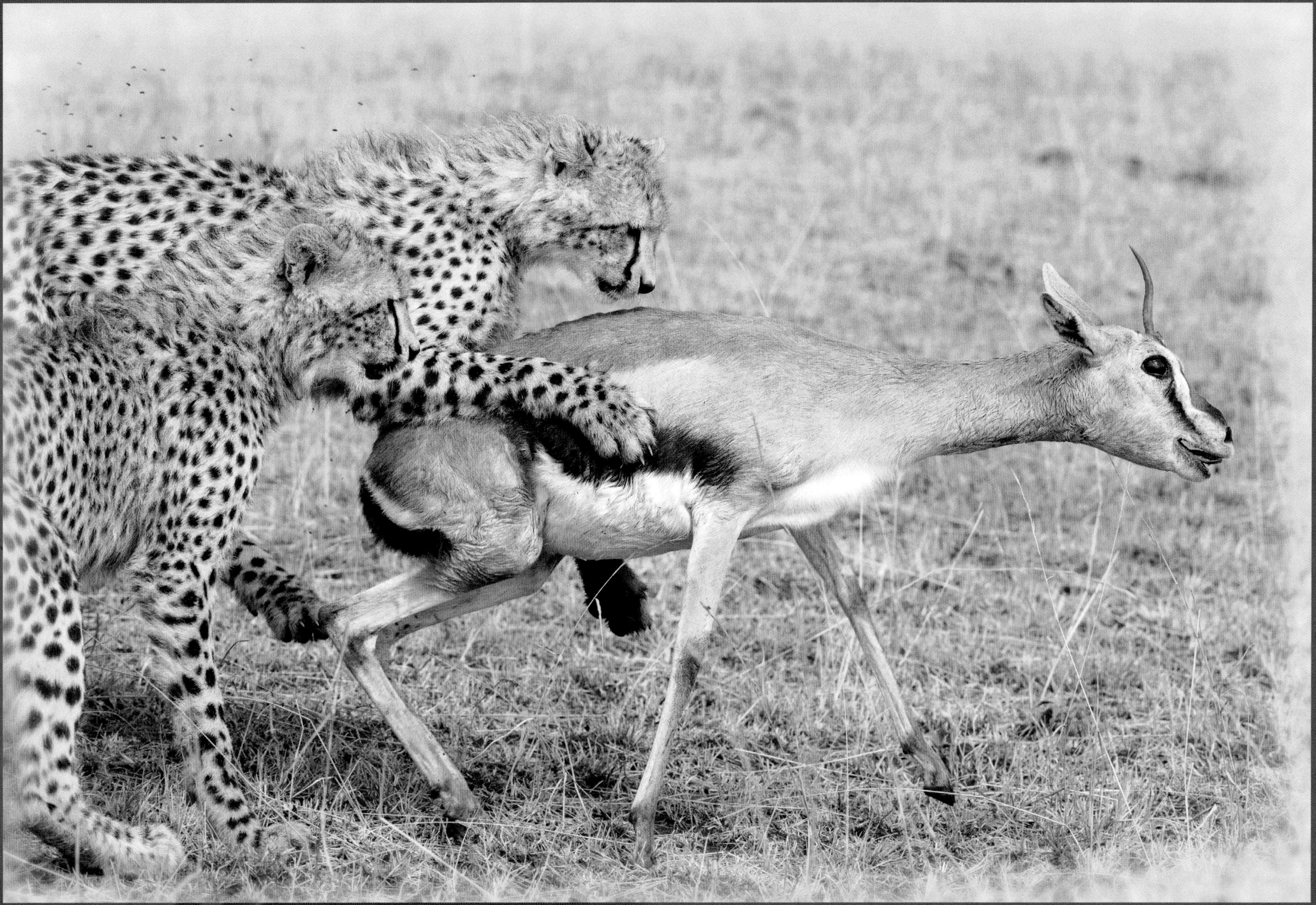

The amount of energy needed to accelerate to full speed is unbelievable - it's exhausting, but exhilarating! I love the feel of almost flying, at close to 120km an hour, over the plain with my paws barely touching the ground.
It's lucky we don't get speeding tickets here - we cheetahs are definitely speedsters...

Es ist anstrengend auf Höchstgeschwindigkeit zu beschleunigen. Doch ehrlich gesagt liebe ich es mit bis zu 120 km pro Stunde über die Steppe zu fliegen.
Zum Glück gibt es für uns keine Strafzettel, denn wir Geparden sind quasi immer zu schnell...

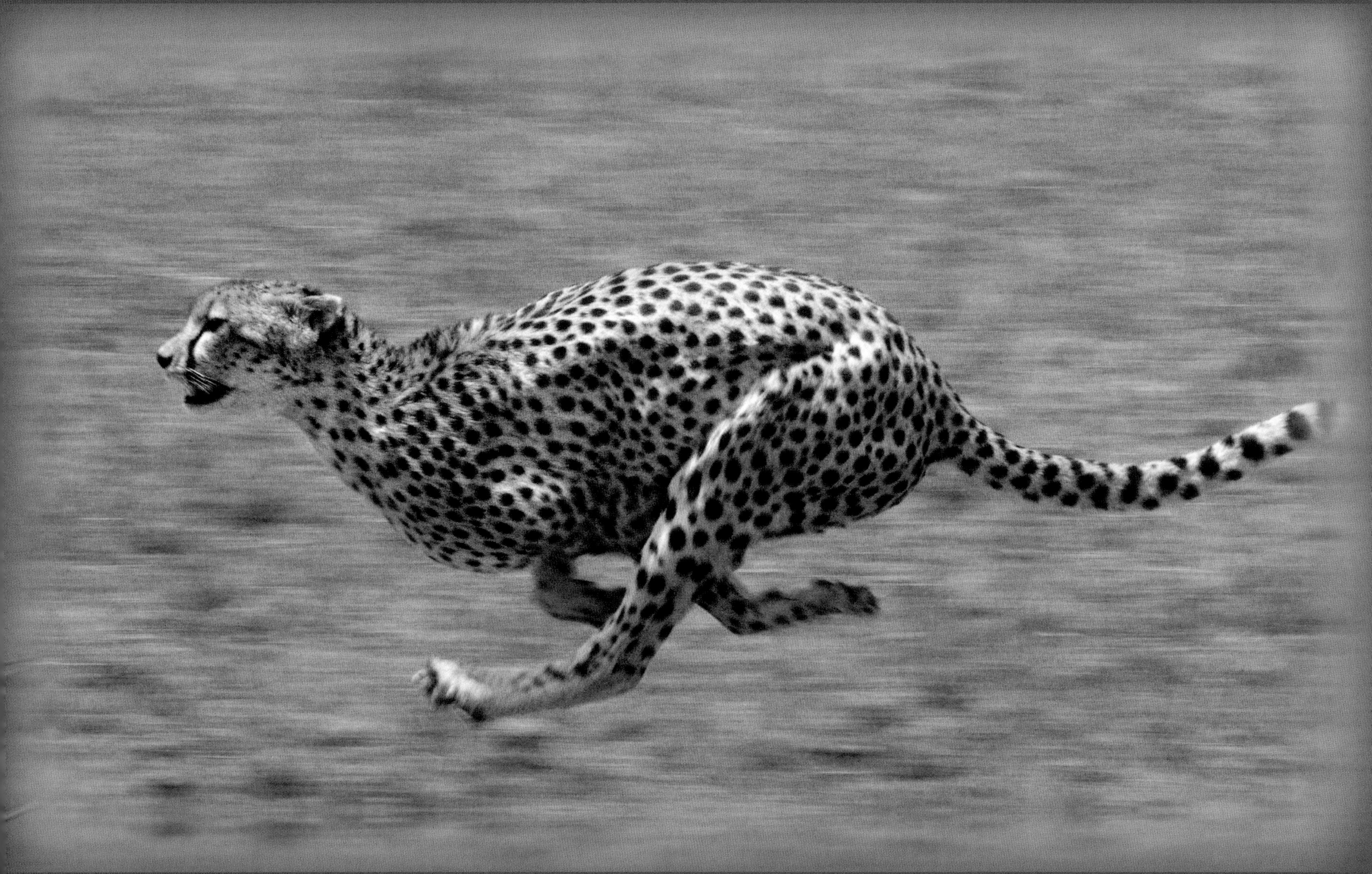

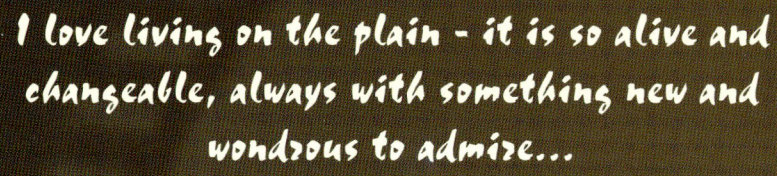

I love living on the plain - it is so alive and changeable, always with something new and wondrous to admire...
There are those who claim that cheetahs are killers - this offends me. We need meat to survive, but we kill only the weak, and only what we need to survive...

Ich liebe mein Zuhause. Es gibt so viel zu beobachten. Leben entsteht, und ich bin fasziniert von allen Wundern um mich herum. Manche denken, wir seien Mörder. Aber das ist nicht wahr. Wir töten die Geschwächten – und nur so viele, damit wir überleben können ...

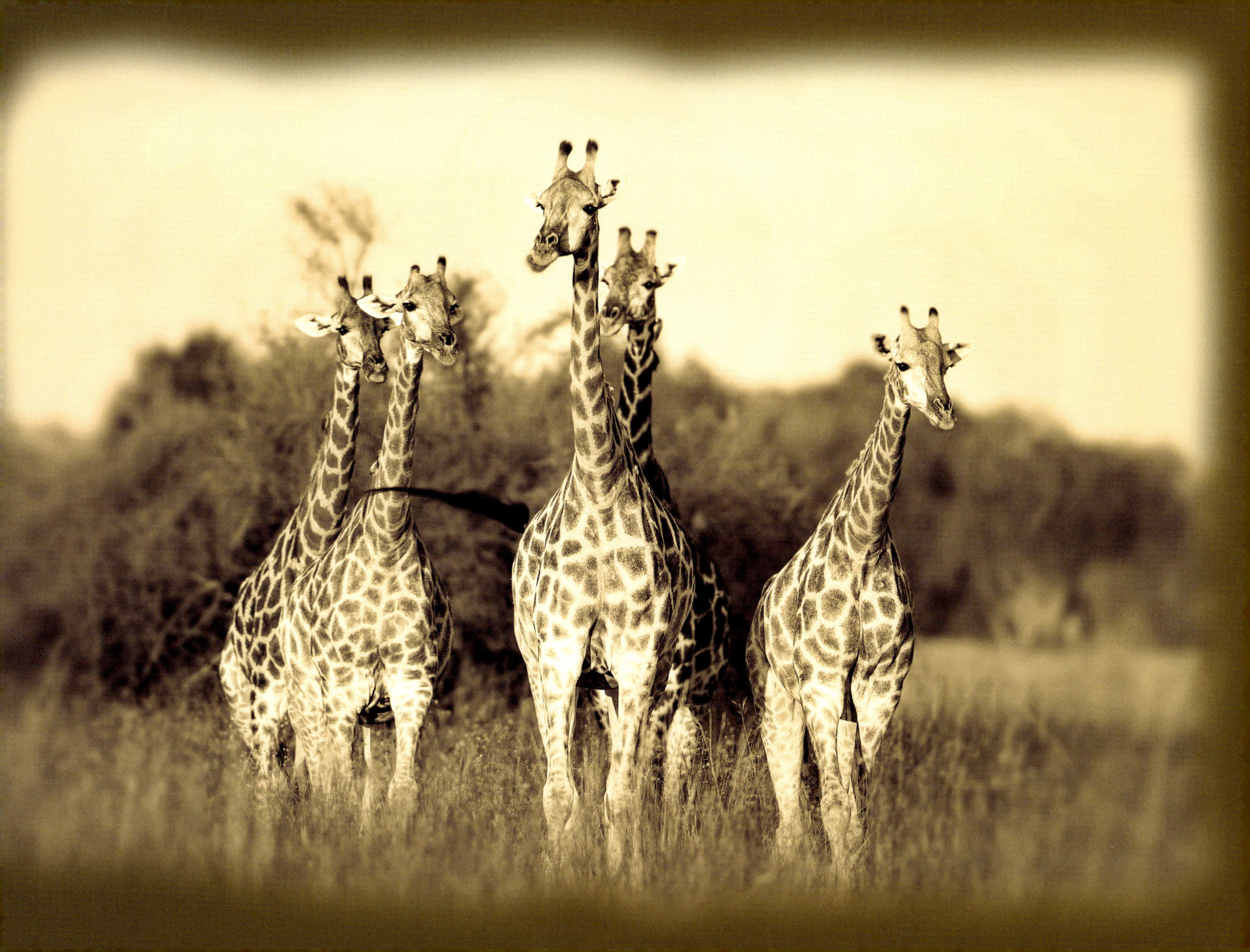

Why are some guys cranky? This is often the case with other neighbours, the leopards. They can be so unpleasant that one day I actually went out of my way to avoid them. I really don't appreciate their un-neighbourly attitude...

Auch Leoparden sind unsere Nachbarn. Sie sind oft ziemlich mürrisch, was ich gar nicht mag und verstehe. Auf jeden Fall haben wir uns einmal geeinigt, direkten Kontakt zu vermeiden. Mehr gibt es nicht zu sagen ...

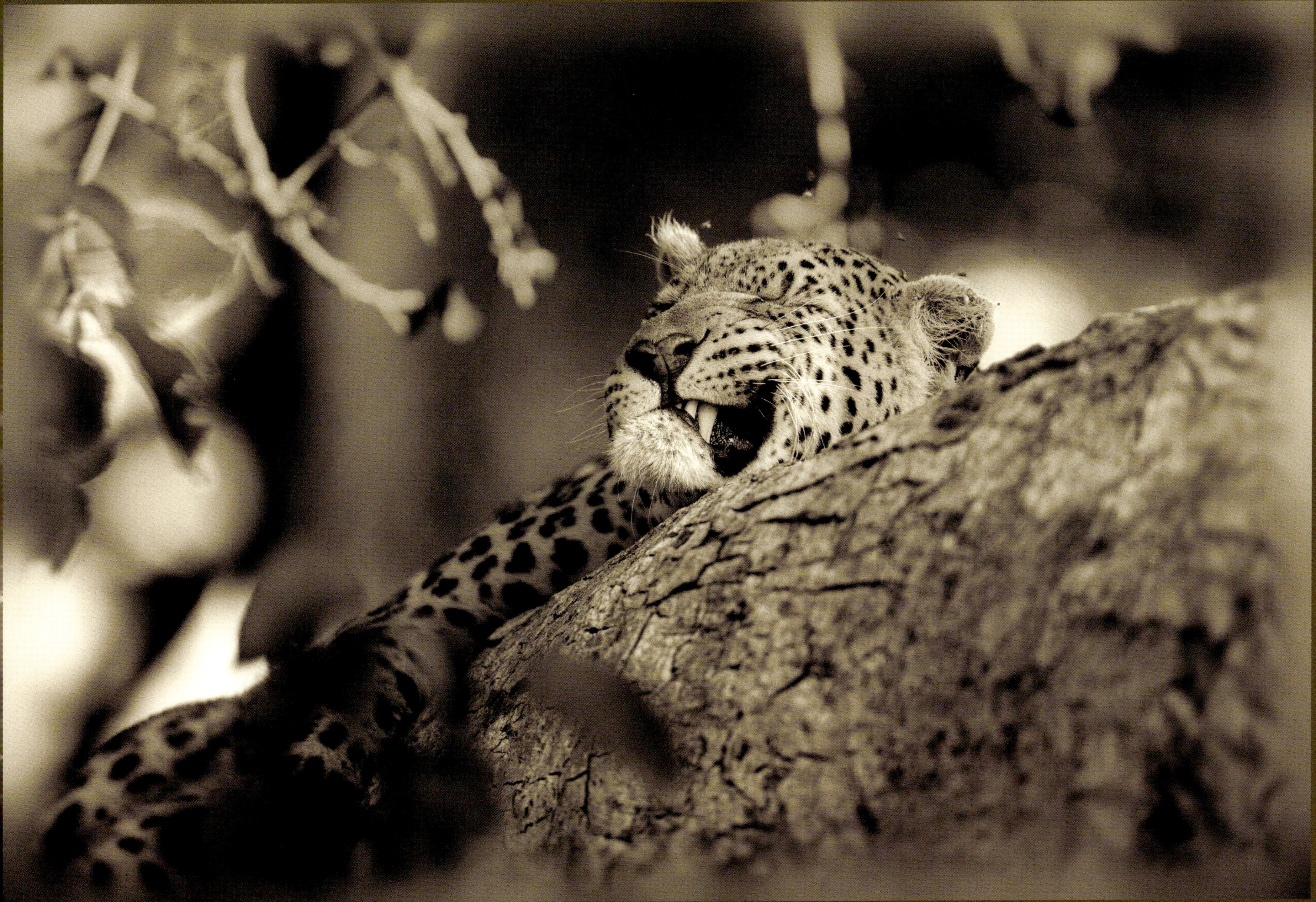

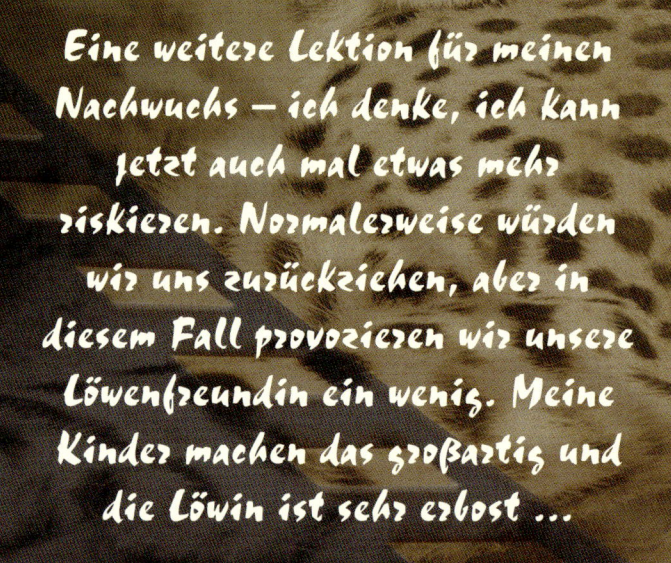

Time to test my cubs again - this time with something a little riskier - and even a bit naughty. Usually, we avoid our fierce no-nonsense neighbour, mamma lion, but today I let my rascals tease and annoy her a bit - she was definitely not pleased...

Eine weitere Lektion für meinen Nachwuchs — ich denke, ich kann jetzt auch mal etwas mehr riskieren. Normalerweise würden wir uns zurückziehen, aber in diesem Fall provozieren wir unsere Löwenfreundin ein wenig. Meine Kinder machen das großartig und die Löwin ist sehr erbost ...

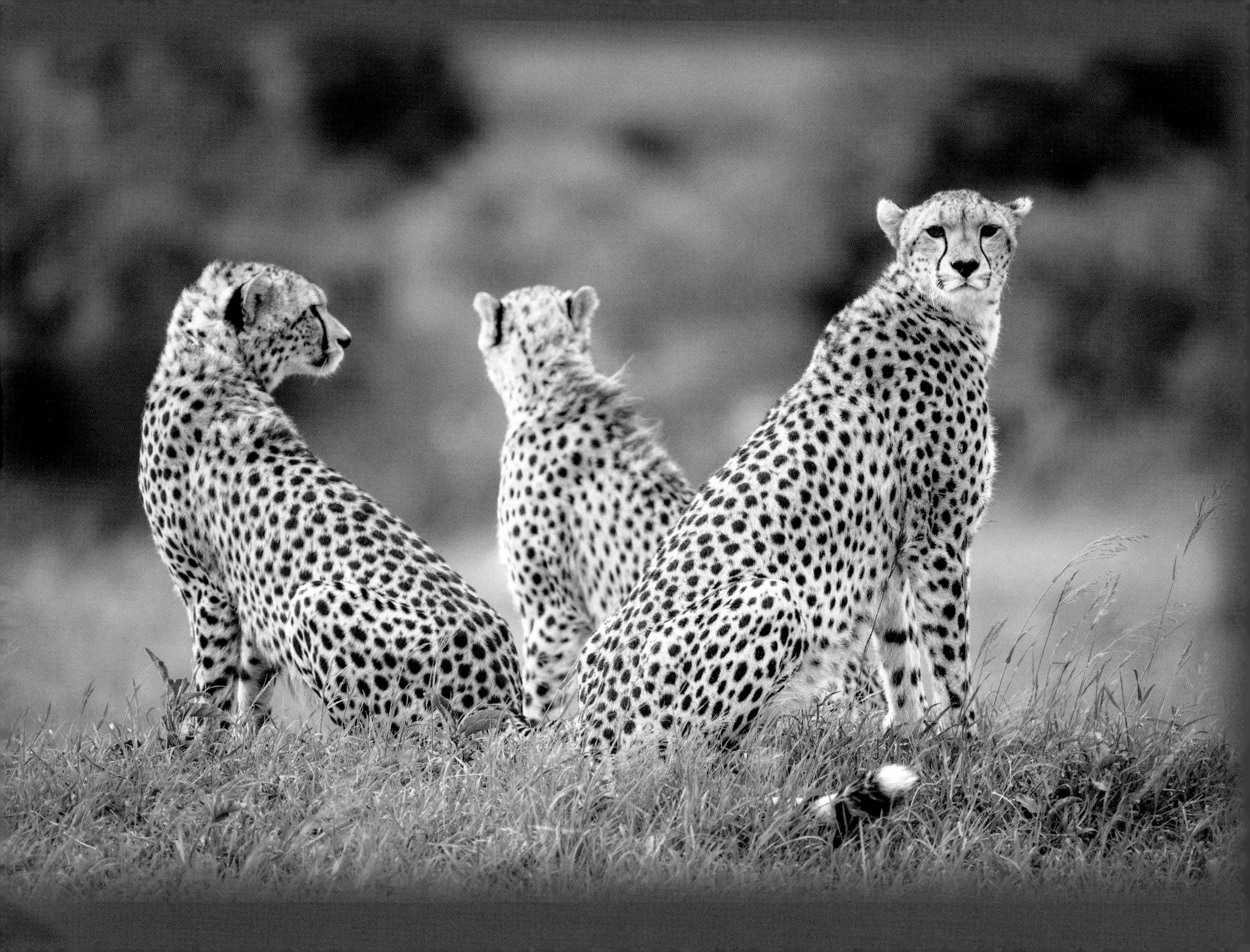

I can't stop crying. My son Marlo was suddenly grabbed by a crocodile – right in front of me!! I was helpless to rescue him as he fought for his life. Can there be anything worse for a mother? The guilt is killing me...

Das ist der schlimmste Moment für eine Mutter. Mein Sohn Marlo wurde von einem Krokodil gepackt. Und ich kann nichts tun! Es ist so deprimierend! Er kämpft so stark und ich kann nur zusehauen. Das ist nicht fair!

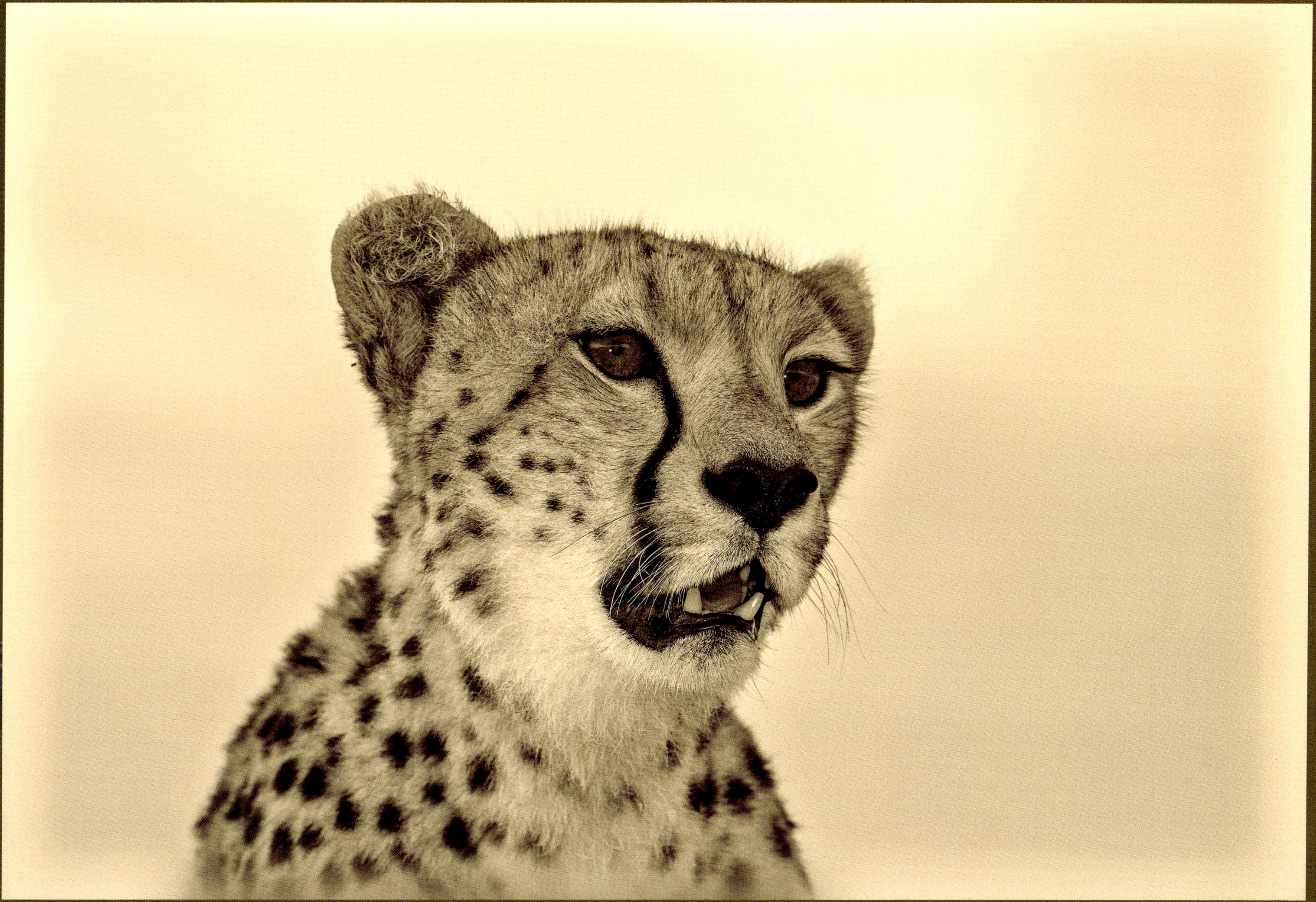

Could this be a nightmare? Or was Marlo actually snatched? His siblings believe he is still alive – could he have survived the brutal attack? Has he found a place to hide along the embankment? With hope in our hearts, we return again and again to search for him...

Ich denke, was mit Marlo passierte, war die Realität. Oder doch nicht? Ich kann und darf es nicht akzeptieren. Meine Kinder glauben auch, dass Marlo noch lebt. So kehren wir wieder und wieder zurück. Vielleicht hat er es geschafft und versteckt sich in der Uferböschung ...

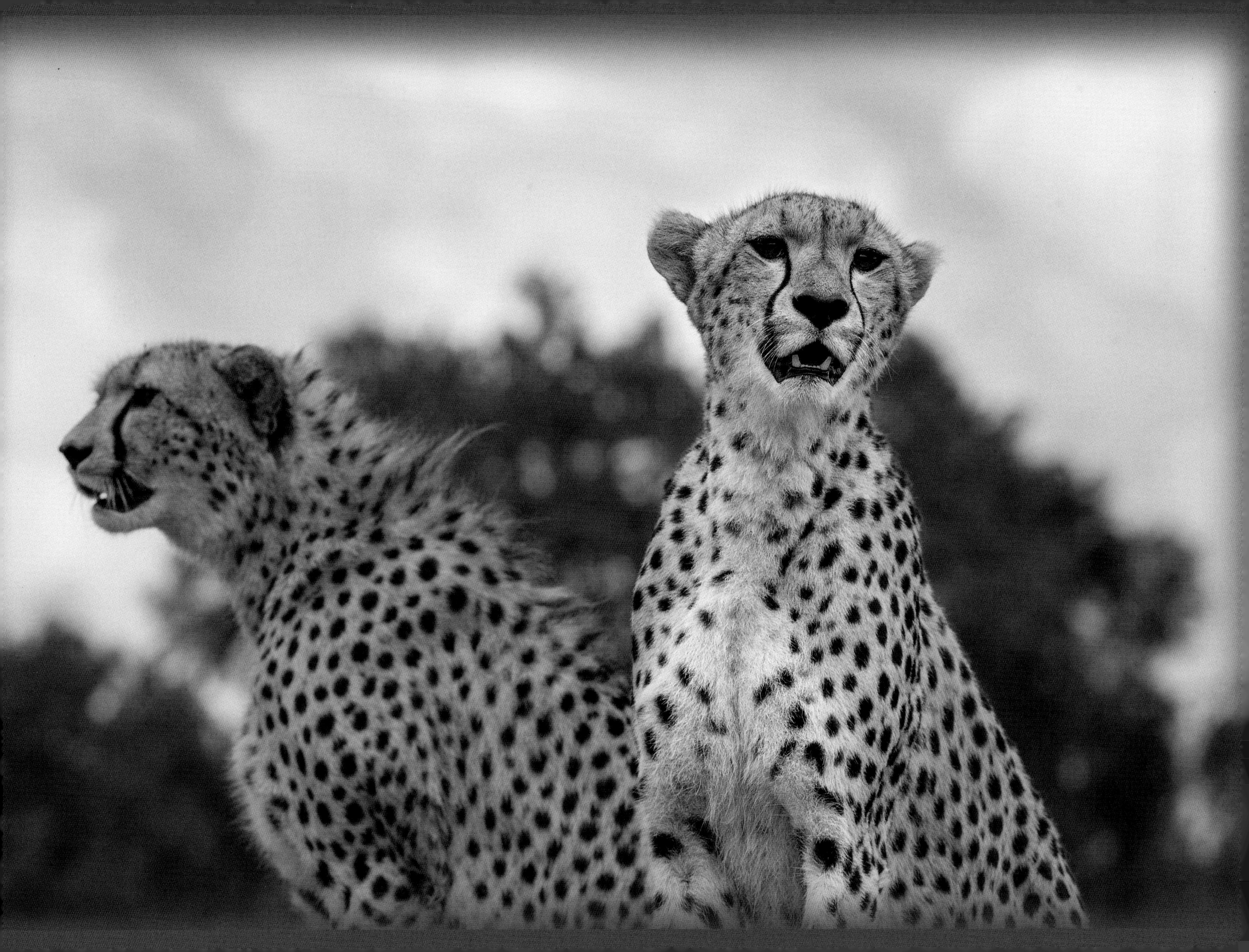

Four agonizing days of searching – and no sign of Marlo. Even with my reputation as a skilled hunter, I am at a loss as to what else we can do to find him.
'Marlo, today is one of the saddest days of my life as we are forced to continue our life's journey without you. Goodbye, my beloved son – you are forever alive in my heart'…

Wir haben nun 4 Tage lang gesucht. Nichts. Ich bin sicher, dass wir alles versucht haben: „Tschüss, mein geliebter Sohn. Ich werde dich nie vergessen. Wir machen uns nun auf eine traurige Wanderung und du wirst für immer in unserem Herzen sein …"

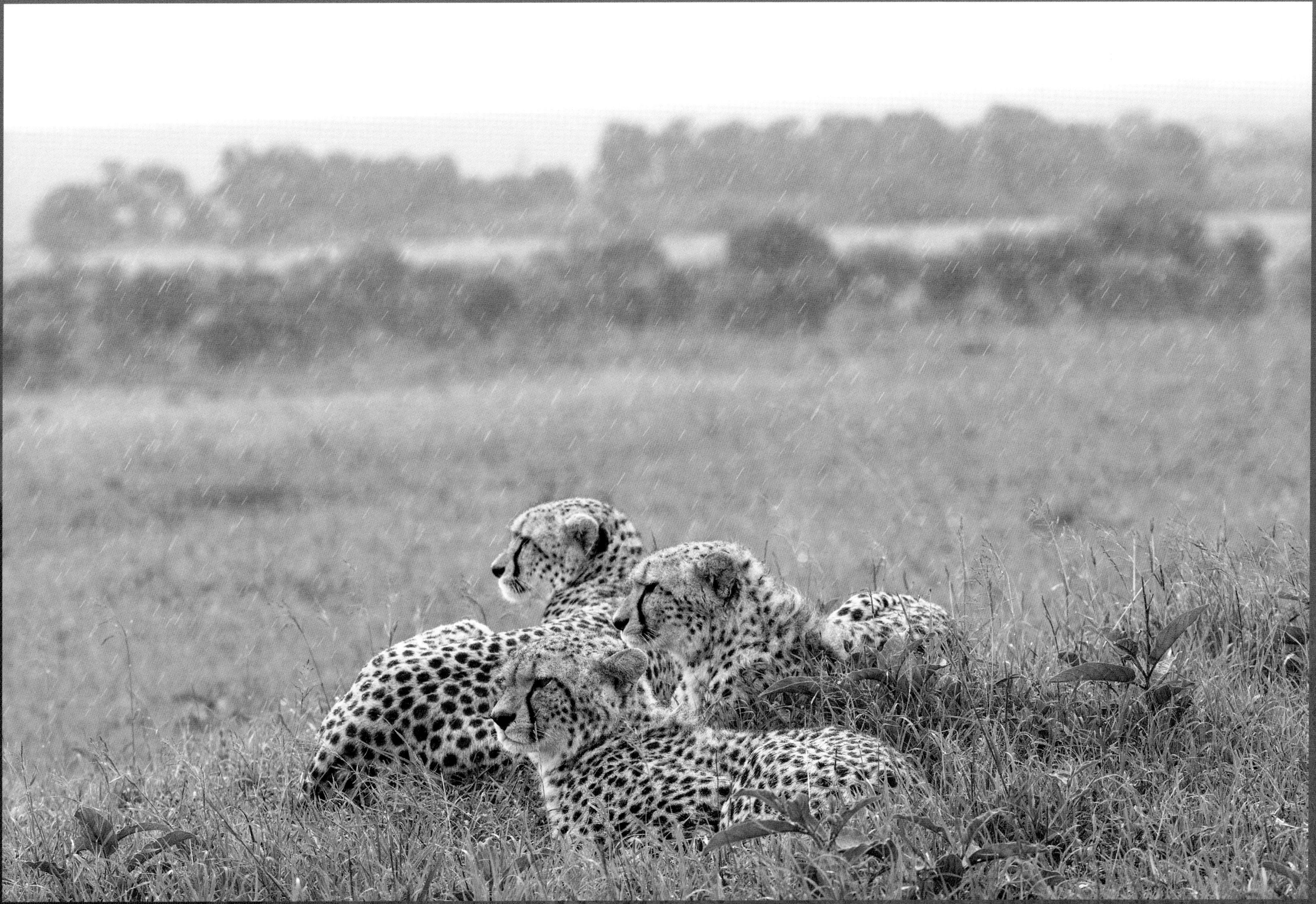

There has been so much rain! Tiny rivulets are now raging rivers which we have no choice but to cross. And with every crossing, I am bombarded with vivid memories of Marlo. Especially Marlo is now horrified by the water ...

Es gab in letzter Zeit sehr viel Regen. Bächchen wurden zu Flüssen. So bleibt uns nichts anderes übrig, als Wasser zu queren. Jedesmal kommen Erinnerungen hoch. Besonders Majet hat nun höllische Angst vor dem Wasser...

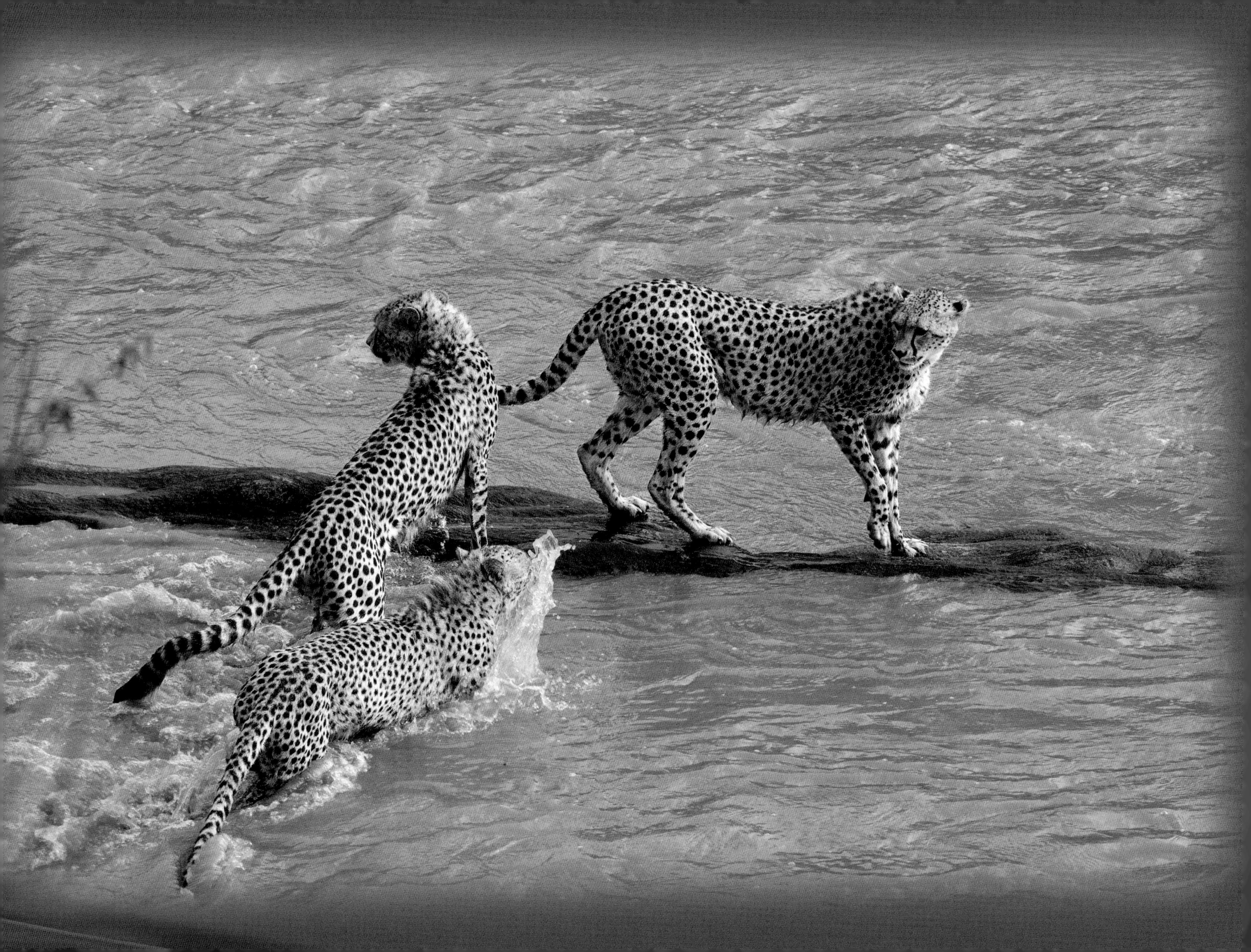

I can hardly believe it – the time has come for my 'babies' to conquer their world on their own. Majet and Martha, both good hunters, are especially well-prepared to meet the challenges. I have taught them well, and now my work is done. I have bid them all a final farewell – and in private, I have cried a few tears...

Die Zeit für den endgültigen Abschied ist gekommen.
Majet und Martha sind gut vorbereitet auf das Abenteuer Leben. Sie jagen ziemlich gut. Es gibt nichts mehr, was ich ihnen noch mit auf den Weg geben könnte, außer dass ich ihnen die Freiheit gebe. Sie werden locker überleben ...
Ehrlich gesagt habe ich einige Tränen verdrückt...

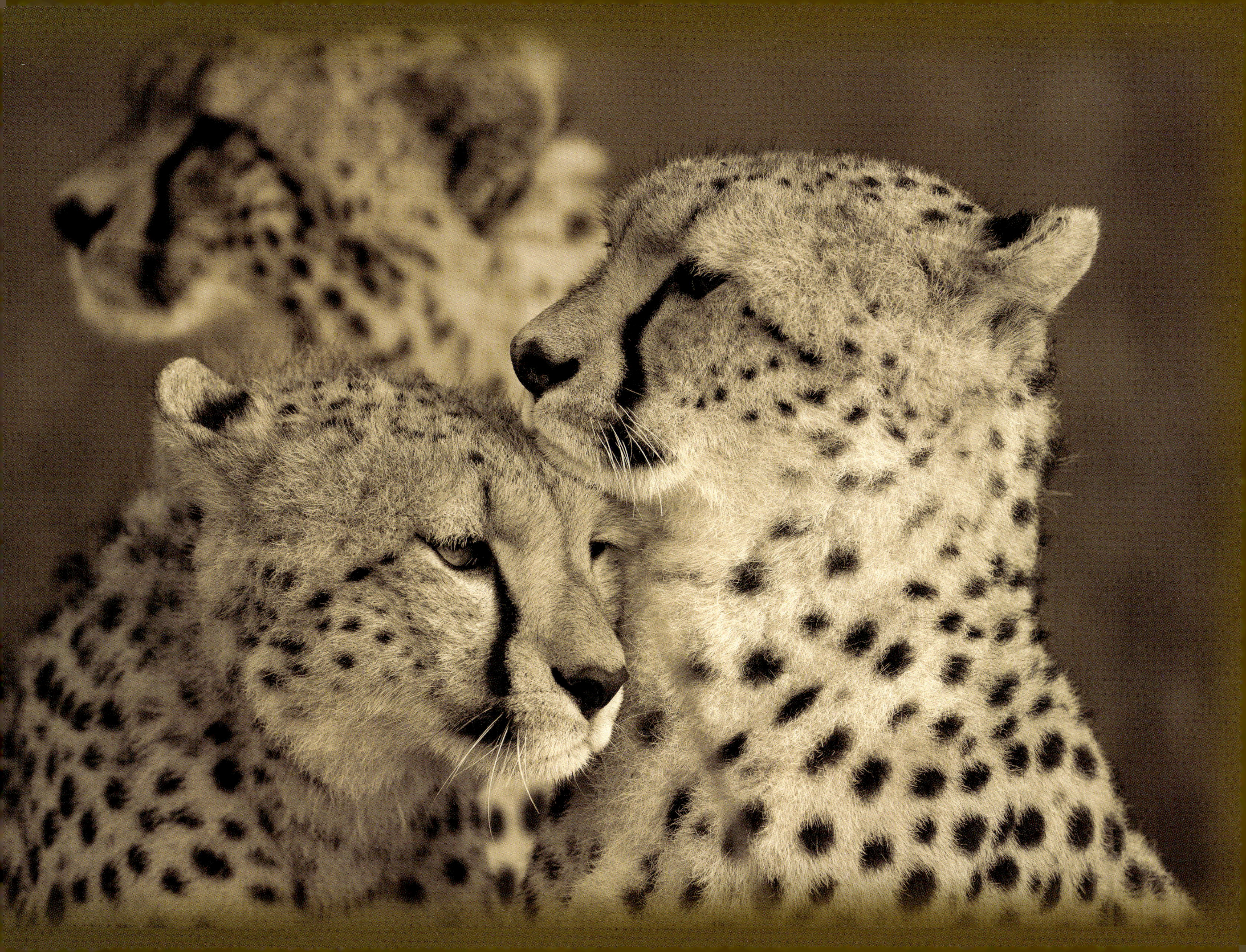

Life is a never-ending challenge - but my offspring are able and willing to meet that challenge. They are strong, resilient, and resourceful - failure is not something they know. But it is so hard to let them go - do they sense the support and energy I send in my thoughts every day? Will they remember that life on the plain can be as much joy as hardship?

Was auch immer passiert, meine Kinder, gebt niemals auf und seht es als Herausforderung, wenn ihr einmal scheitert. Es gibt immer eine zweite Chance. Ich werde täglich an euch denken und sende euch Energie, damit ihr die Schwierigkeiten des Lebens meistert. Und vergesst nicht: Das Leben draußen in den Steppen bietet viel mehr Spaß als jeder Rückschlag bedeuten könnte. Es kommt darauf an, was ihr daraus macht!

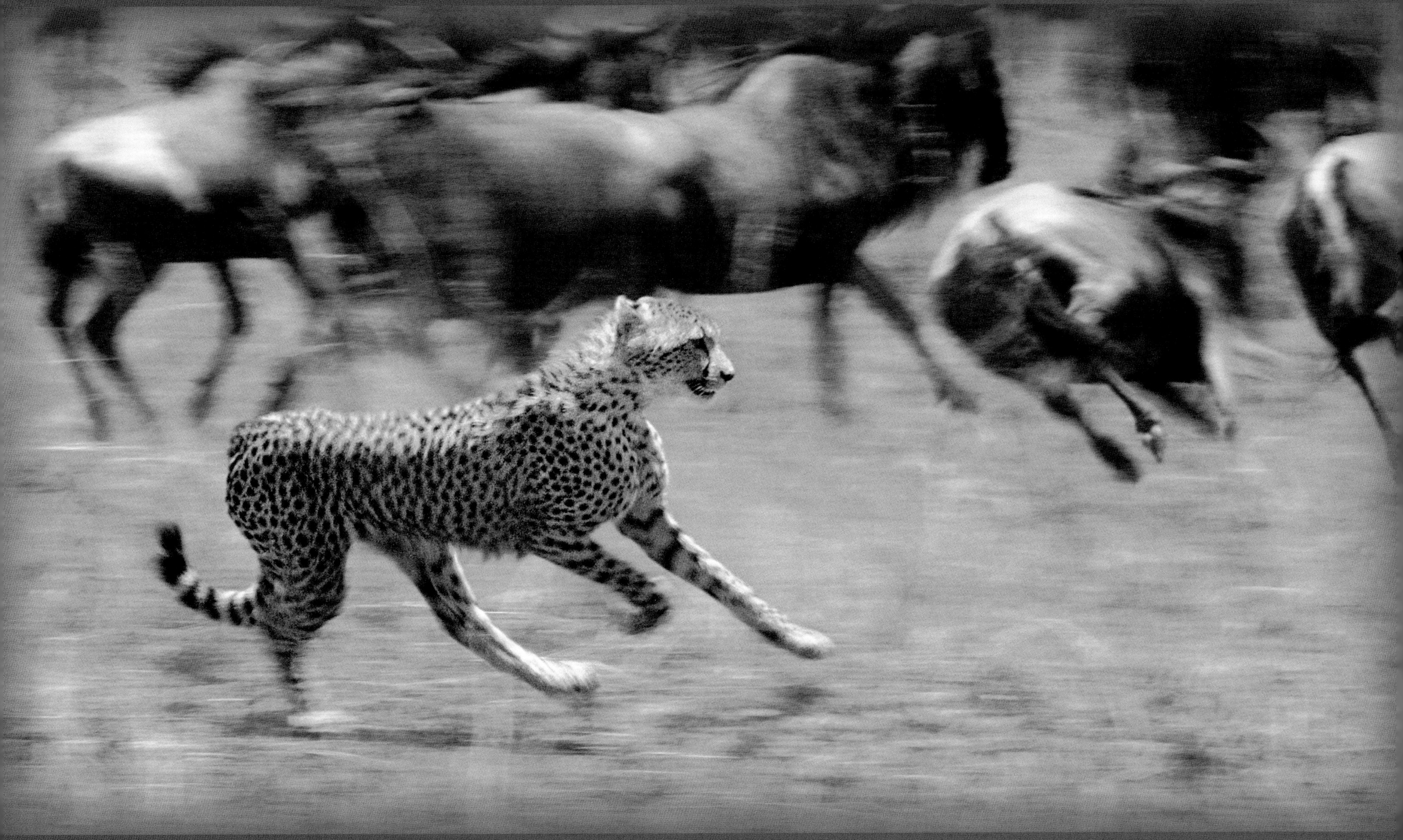

Life goes on. I know in my heart that I was meant to be a mother. Although some might say I am too old, I recently gave birth again, to a new set of cubs. These little ones give me so much joy and pride - and they keep me young. I think they learn even more quickly than my older offspring - maybe they have 'super powers'...

Ich konnte nicht widerstehen. Ich denke, ich bin süchtig danach, eine Mutter zu sein. Manche meinen, ich wäre zu alt. Aber ich glaube nicht. Ich schenkte neuen Kindern das Leben. Und sie machen mich so glücklich. Sie lernen noch schneller als meine vorigen Kinder, was mich sehr stolz macht ...

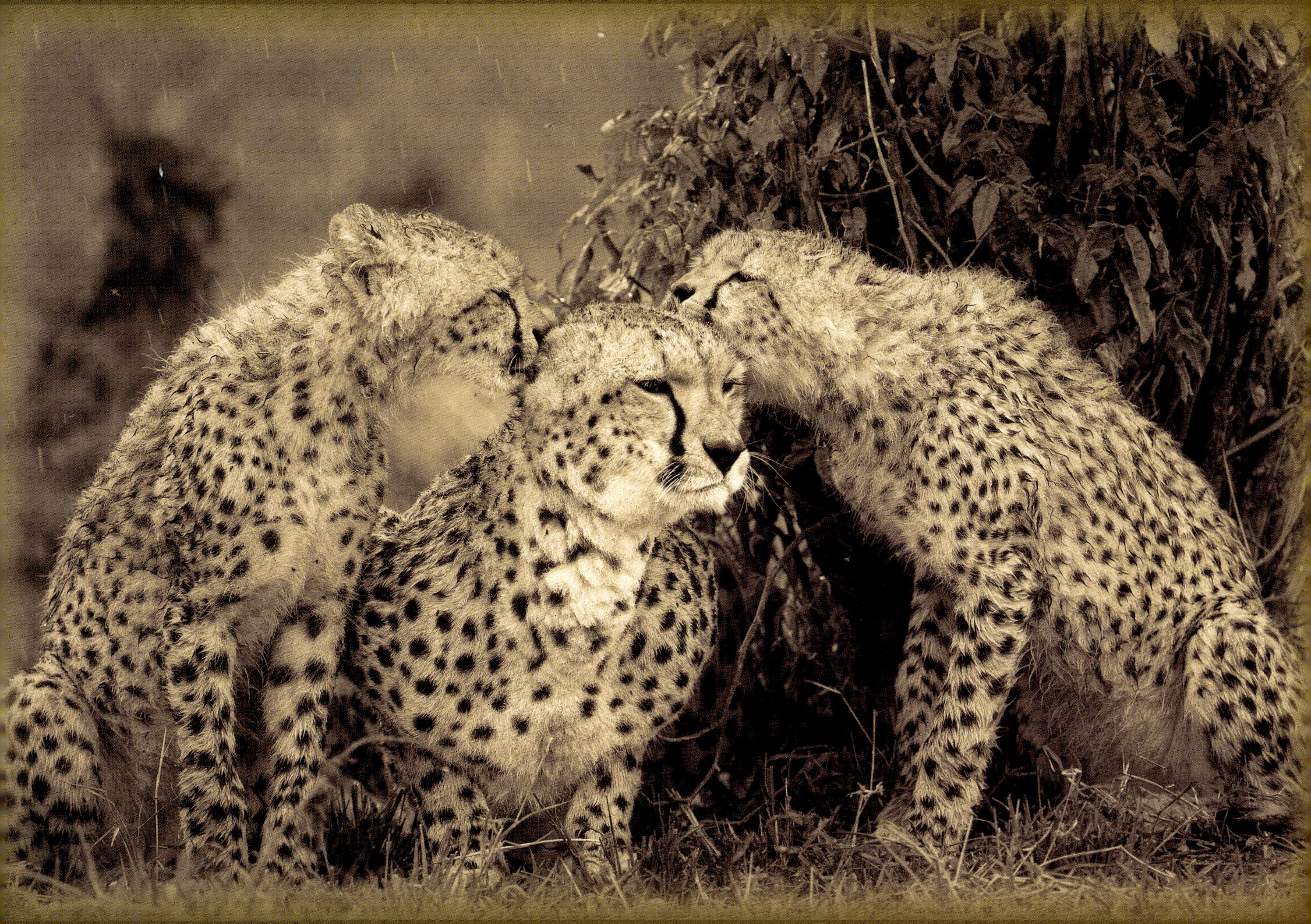

Can life be any more wonderful? I have survived tragedy, but I am so fortunate to have lived my life as a cheetah on the vast plain. I feel so full of life, with energy to spare – I love the wind in my face when I run…

Das Leben ist ein Wunder. Und ich wundere mich immer und immer wieder, wie glücklich ich sein kann, dass ich als Gepardin die Welt erkunden durfte.
In diesem Sinne, lasst uns losrennen …

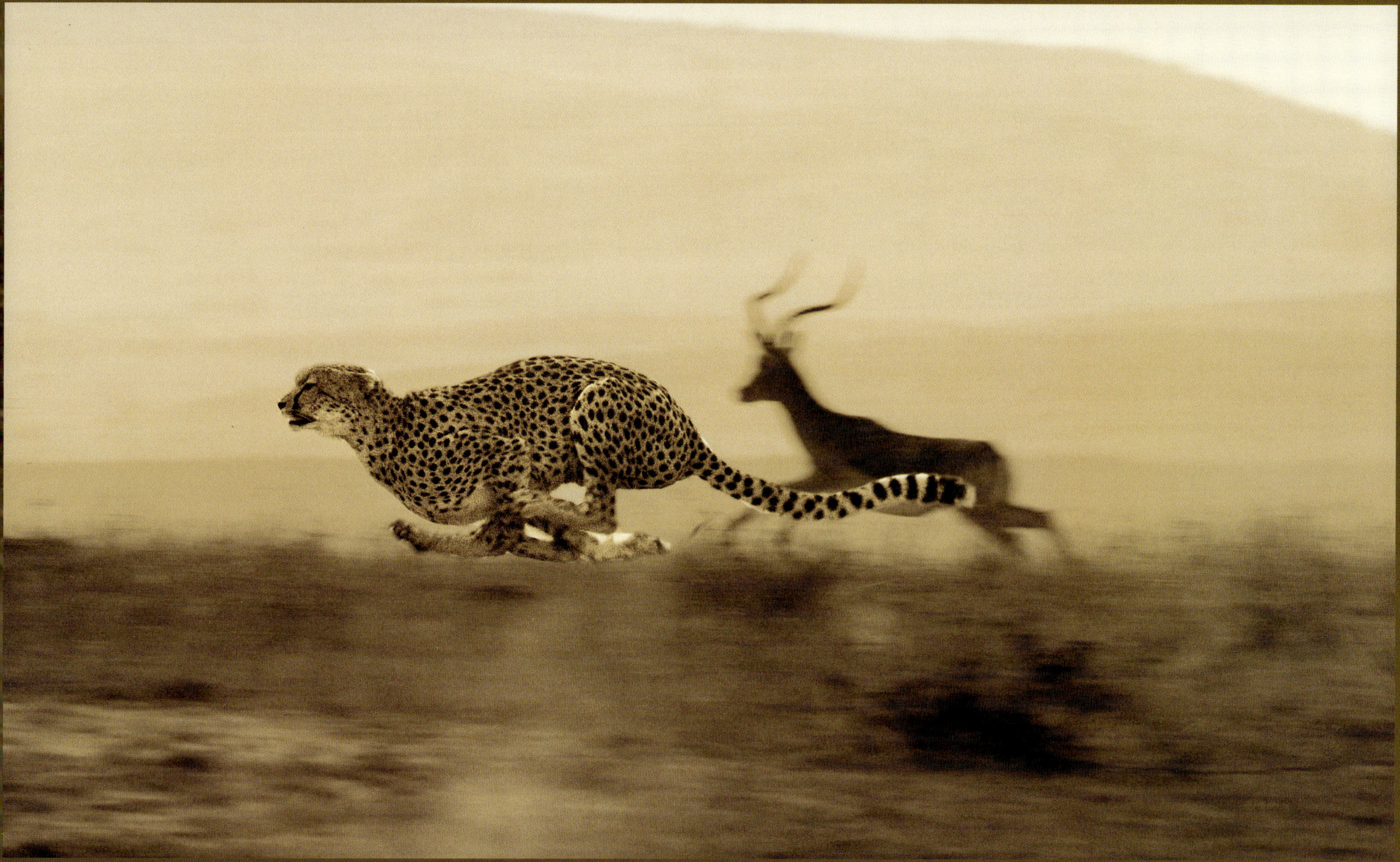

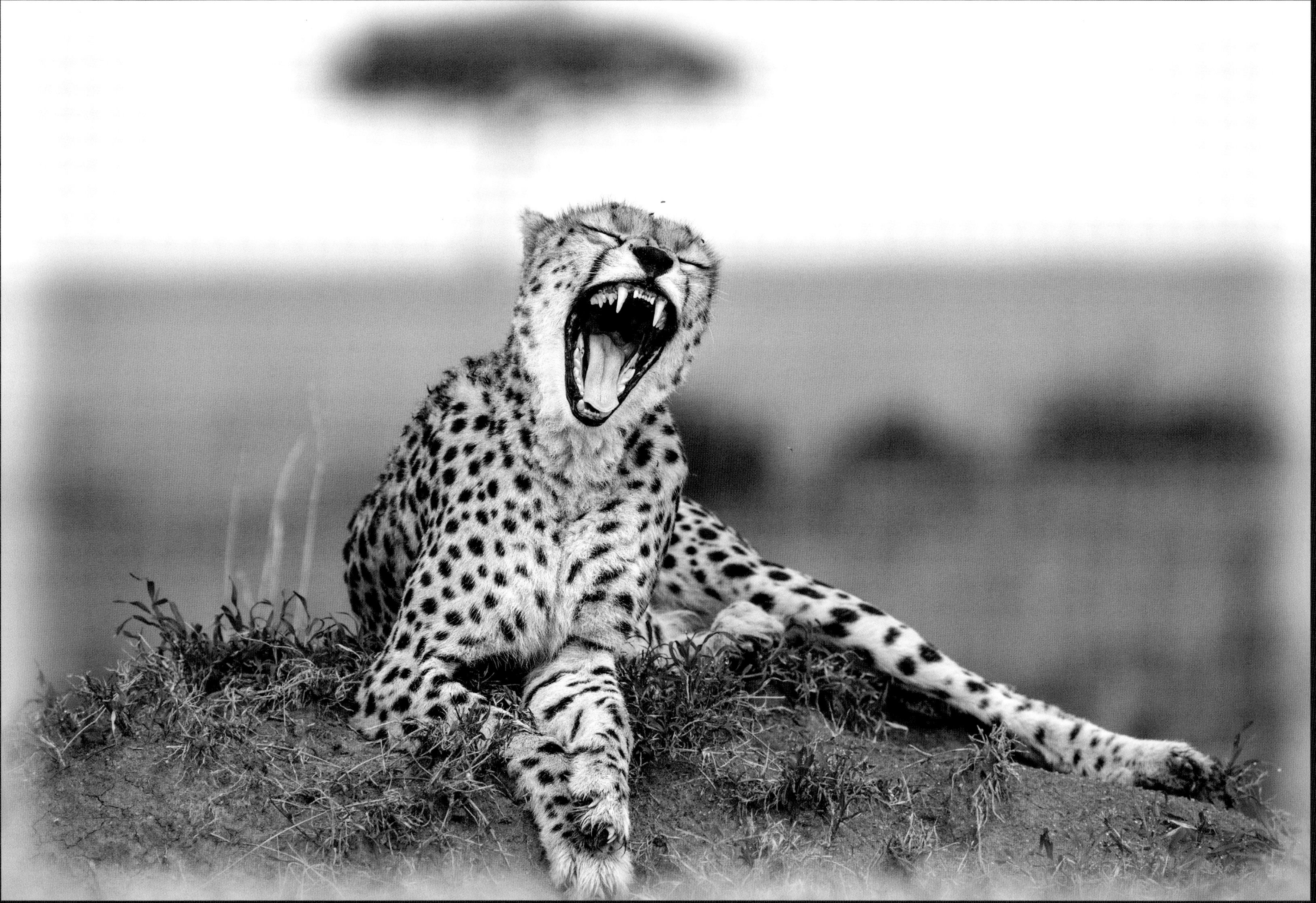

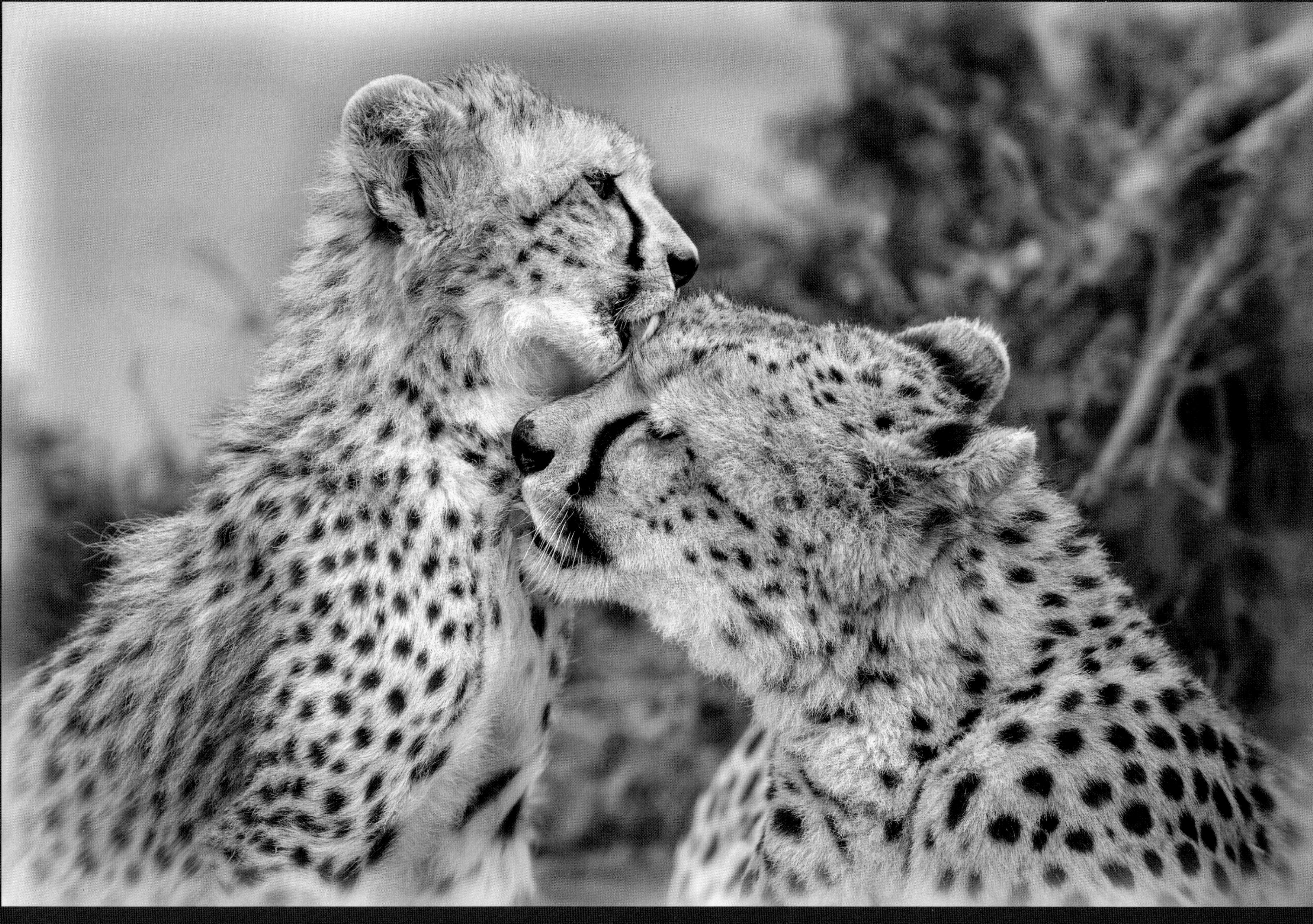

„Martha" – Coloured Drawing/ Farbzeichnung
by Matto Barfuss
(42x60 cm)

„Mia" – Coloured Drawing/ Farbzeichnung
by Matto Barfuss
(42x60 cm)

„Pissed of" – Coloured Drawing/ Farbzeichnung
by Matto Barfuss
(42x60 cm)

Art may depict the inner feelings of our life ...

Die Kunst zeigt die tiefsten Gefühle des Lebens ...

"Looking in the Distance"
- Oil on Canvass/ Ölgemälde
by Matto Barfuss
(110x120 cm)

„Motherhood" - Drawing/ Zeichnung
by Matto Barfuss
(42x60 cm)

„The Cheetah and the Rhino"
- Drawing/ Zeichnung by Matto Barfuss
(42x60 cm)

„Unhappy" - Drawing/ Zeichnung
by Matto Barfuss
(42x60 cm)

I would like to recommend that you follow my life in art and visit the Matto Barfuss art gallery in Rheinau/ Germany. There you will find art that reflects my kids and me along with many outstanding pieces of art created with deep love by the hands and mind of the artist Matto Barfuss (www.cheetahman.com) ...

Ich empfehle, meinem Leben in der Kunst zu folgen und das Kunsthaus „Matto Barfuss" in Rheinau (Deutschland) zu besuchen. Sie finden dort Kunst, die das Leben meiner Kinder und mich reflektiert, und viele außergewöhnliche Kunstwerke, geschaffen durch große Liebe, die Hand und Vision von Matto Barfuss (www.matto-barfuss.de / die Galerie ist nach telefonischer Voranmeldung geöffnet: +49 (0)7844 911456).

"Wanna be Big"
- Oil on Canvas/ Ölgemälde
by Matto Barfuss
(140x100 cm)

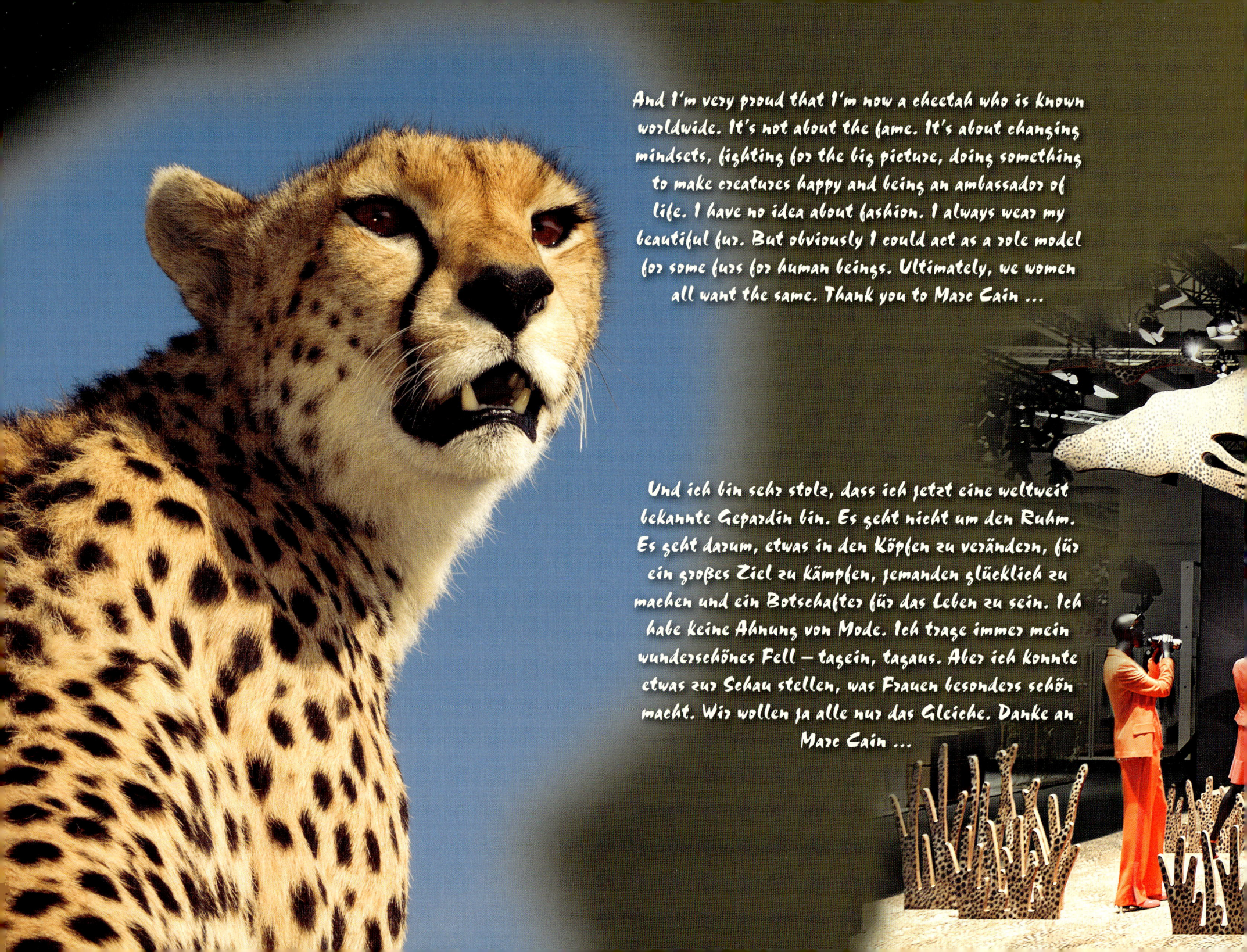

And I'm very proud that I'm now a cheetah who is known worldwide. It's not about the fame. It's about changing mindsets, fighting for the big picture, doing something to make creatures happy and being an ambassador of life. I have no idea about fashion. I always wear my beautiful fur. But obviously I could act as a role model for some furs for human beings. Ultimately, we women all want the same. Thank you to Marc Cain …

Und ich bin sehr stolz, dass ich jetzt eine weltweit bekannte Gepardin bin. Es geht nicht um den Ruhm. Es geht darum, etwas in den Köpfen zu verändern, für ein großes Ziel zu kämpfen, jemanden glücklich zu machen und ein Botschafter für das Leben zu sein. Ich habe keine Ahnung von Mode. Ich trage immer mein wunderschönes Fell – tagein, tagaus. Aber ich konnte etwas zur Schau stellen, was Frauen besonders schön macht. Wir wollen ja alle nur das Gleiche. Danke an Marc Cain …

DISCOVERING MALEIKA
by MARCCAIN

The „Green Belt Initiative" powered by Maleika

The cinema film „Maleika" supports the initiative „Green Belt Botswana".
Matto Barfuss launched 1998 the non-profit organization „Leben für Geparden / Life for Cheetahs" in Germany and 2015 the „Go wild Botswana Trust" in Botswana.
The Tropic of Capricorn extends for a distance of 500 km through the South of Botswana coined by austerity and bleakness. Humans and animals there are experts in survival.
„Green Belt Botswana" will plant a line of arid-resistant trees over a period of 10 years. This kind of landscape art will be revived by a wildlife-education program, aid against „human wildlife conflicts" and programs for the san people to integrate them in sustainable tourism. Of course, the focus is on Maleika's fellows as well. The area is also the venue of another great cinema project of Matto Barfuss. The initiative will be managed by the „Go wild Botswana Trust" in close collaboration with „Leben für Geparden e.V.", Achertalstr. 13, D-77866 Rheinau, www.geparden.de, Phone +49-7844- 911456

Die Green Belt Initiative powered by Maleika

Mit dem Kinofilm „Maleika" wird die Initiative „Green Belt Botswana" unterstützt.
Matto Barfuss gründete 1998 den gemeinnützigen Verein „Leben für Geparden e.V." und 2015 die Stiftung „Go wild Botswana Trust" in Botswana.
Der südliche Wendekreis, der sich rund 500 km durch das südliche Botswana zieht ist geprägt von Trockenheit und scheinbarer Trostlosigkeit. Dennoch leben dort Menschen und Tiere, die allesamt Experten im Überleben sind. „Green Belt Botswana" wird im Laufe der nächsten 10 Jahre eine rund 10 Meter breite Baumlinie mit arid-resistenten Bäumen pflanzen. Mit einem Wildlife-Bildungsprogramm (Schulbuch und Schulaktionen), Hilfen gegen „Mensch-Tier-Konflikte" (Bau von raubkatzensicheren Viehkralen für Farmer) und Programme für Buschleute, um sie in Naturschutz und Tourismus zu integrieren wird dieses riesige „Landschaftskunstwerk" mit Leben gefüllt. Ziel ist ein nachhaltiger Schutz eines einmaligen Lebensraums in der Kalahari - für Menschen, Tiere und natürlich für Maleika's Artgenossen - die Geparden. Das Gebiet ist gleichzeitig Drehort eines weiteren großen Kinoprojektes von Matto Barfuss.
Die Initiative wird getragen von der Stiftung „Go wild Botswana Trust" und dem Verein „Leben für Geparden e.V.", Achertalstr. 13, D-77866 Rheinau, www.geparden.de, Tel. 07844- 911456

Green Belt Botswana
by Maleika

Acknowledgements

There is so much passions behind the Maleika project. Without backed by my great team this all couldn't be realized. I would therefore like to grab the chance to express all my thanks and respect to all who contributed to the project.

My very special credit is for my production team in Kenya - foremost for my friend and driver who positioned me with my camera mostly right on time. Instantly at the beginning of the production some of my ribs were damaged, but this is after all just a funny side-story.

Great acknowledgements to Gaye Dolezal for the fantastic and tender redesign of the English texts. A very great thank to Martina Jandova for her relentless commitment for Maleika! She was it who gave the project the soul.

Also great acknowledgements to Kerstin Noack for he magnificent work in the background. Ambitious projects like this depend on a good foundation.

So, I have also to give my thanks to the cooperation-partners, especially to Mare Cain.

Danksagung

Hinter dem Maleika-Projekt steckt unglaublich viel Herzblut und Leidenschaft. Ohne mein tolles Team im Hintergrund wäre dies alles nicht möglich gewesen. Ich möchte daher an dieser Stelle allen, die an dem Projekt in irgendeiner Weise beteiligt waren, meinen größten Dank und Respekt aussprechen.

Mein besonderen Dank gilt meinem Produktionsteam vor Ort in Kenia - besonders meinem Freund und Fahrer, der mich, ohne dass wir im Laufe der Zeit noch viele Worte wechseln mussten, in die richtige Kameraposition brachte. Gleich zu Anfang der Produktion mussten einige meiner Rippen dran glauben, aber das macht ja alles um so wertvoller.

Ein großes Dankeschön und Kompliment an Gaye Dolezal, die so fantastisch und liebevoll die englischen Texte gestaltete. Ein riesengroßes Dankeschön an Martina Jandova für ihren unermüdlichen Einsatz für Maleika! Sie hat dem Projekt den Atem eingehaucht.

Ebenso geht ein großes Dankeschön an Kerstin Noack für die großartige Arbeit im Hintergrund. Ehrgeizige Projekte wie dieses brauchen ein gutes Fundament.

In diesem Sinne geht mein Dank auch an die Kooperationspartner, insbesondere Mare Cain!